愛在終點線
文／李光福　圖／奧黛莉圓
20

作者序

關於愛在終點線

《愛在終點線》這個故事，來自於多年前的一則新聞報導。當時，我在電視螢幕上看到一群學生，擠在跑道旁，陪著一個腦性麻痺學生左搖右擺的衝過終點線，再經由旁白簡單的說明，我有一股鼻酸的感覺，覺得那群陪跑的孩子好可愛、好值得讚揚，當下，就有以這個事件為題材，寫一個故事的想法。

或許是有電視媒體報導的影響，或許是競相效尤的關係，類似這樣的事件一而再、再而三的被披露出來，我覺得失去了物以稀為貴的價值，也缺乏

了新鮮感，寫成故事了無新意，所以擱筆沒寫。

經過一段時間的沉潛，我突然想到一個問題：雖然類似的報導很多，結局大同小異都是完美的「讓身體有缺憾的同學跑接力賽最後一棒，大家一起陪他跑進終點」，可是過程呢？

就實際情況來說，要取得全班同學「讓身體有缺憾的同學跑接力賽最後一棒」的共識，不可能是件很順利的事……想了想，我決定重新提筆寫這個故事。

在《愛在終點線》裡，我除了設計了一個比在原來新聞裡看到的結局更完美的結局（其實也不是設計，是突然想到的），也將故事的發展重心放在事件的「過程」。

要說服全班同學不計較輸贏、讓身體有缺憾的同學跑接力賽最後一棒，一定要有個關鍵人物，這個關鍵人物與身體有缺憾的同學關係一定要很好，才能明白他的內心想法，所以有了「張純娟」；光有關鍵人物不夠，還要有個會敲邊鼓、偶爾天外飛來一筆的甘草人物，「洪雅庭」於是誕生。當然還要有喜愛運動、把輸贏看得很重的反對派，那就是「葉健良」和他的跟屁蟲「陳慶家」。最重要的人物，就是這個故事的男主角——走路會左搖右擺，說話前要先擠眉、弄眼、癟嘴的腦性麻痺患者施明仁。

看到這幾個人物的出場介紹，相信許多讀者可能已經心癢、手癢，忍不住想要快點進入故事裡了。不過別急（讓我們繼續看下去）：解決一件事情的時候，完美的結局當然很重要；但結局要完美還得看過程，有十分平順的過程，也有一波三折的過程，《愛在終點線》屬於哪種過程呢？這就真的要讀者們「繼續看下去」了。

寫《愛在終點線》還有另一個企盼：如果我們的身邊也有個像施明仁這樣走路會左搖右擺，說話前要先擠眉、弄眼、癟嘴的人，幫助他完成一個夢想或願望時，希望是發自於我們的真心和誠意，而不是為了想怎麼樣，或是為了成為目光的焦點，這樣，反而會傷害到那個被我們幫助的人。

接下來，讓我們滿懷著愛心與善心，一起跑向終點線，把愛聚集在終點吧！

目錄

1 上學

「媽，我去上學了喔！」

「東西都帶了嗎？」

「帶了！」我一邊回答，一邊走出家門。

星期一到星期五，每天早上的這個時候，我和媽媽這樣的對話都要來上一次，因為我有點小迷糊，不是忘了拿這個，就是忘了帶那個，好幾次都已經出門了，猛然想到後，又折回家裡拿。

每次媽媽和爸爸閒聊，聊到我的忘東忘西，她老是說：「我並不迷糊呀！怎麼會生出一個這樣迷糊的女兒？」，爸爸就會反駁：「你的意思是我迷糊囉！拜託，我比你精明耶。」

看著他們為了我的迷糊而鬥嘴的有趣模樣，我躲在旁邊偷笑——我是你們合

作生出來的，我的迷糊一定是你們兩個其中之一遺傳給我的，不干我的事喔！

走著走著，前方出現葉健良壯碩的身影。葉健良活潑好動，體力旺盛，是班上的體育股長，他幾乎每節下課都去操場打球，打到汗流浹背，滿臉通紅。上課後，再一面拿墊板搧風，一面聽老師講課。

說到葉健良下課去打球，我發現他身上穿的是制服。停下

腳步想想，才想到今天應該穿制服，而我穿的卻是運動服，於是二話不說的向後轉，折回家換衣服。

推開門，媽媽正好要出門上班，看到我，她驚訝的問：「純娟，你怎麼又回來了？」

「我……穿錯衣服了，回來換。」我不好意思的回答。

「我剛剛不是問你『東西都帶了嗎』，你還回說『帶了』。」媽媽有點責備的口吻。

「東西都帶了呀！我只是穿錯衣服。」我說。

媽媽聽了，露出一臉無奈的表情，說：「你……哎！我怎麼會生出你這個迷糊的小孩呢？」

「我是你生的，至於你怎麼生的，得問你呀！」我心裡一邊說，一邊衝進房間換衣服。

第二次走出家門，因為換衣服耽誤了不少時間，所以我加快腳步走向學校。

說到換衣服，這都要怪學校！一個星期只有五天，卻有好幾種穿衣服的規定：星期一、三穿制服，二、四穿運動服，星期五是便服日，星期一、三若有體育課，則改穿運動服——這麼複雜的穿衣規定，不但讓許多同學常常弄錯，也鬧了不少笑話。

有個星期五，我在上學途中遇到班上個子最高的洪雅庭，和她結伴走向學校。進了校門後，有位媽媽忽然問洪雅庭：「老師，請問三年二班的教室在哪裡？」

洪雅庭愣了一下，不知如何是好的說：「阿姨，我是……學生，不是……老師啦！」

那位媽媽朝洪雅庭看了又看，說：「你是學生喔！長得這麼高，又穿得這麼成熟，看起來好像老師喔！」

洪雅庭被家長誤認是老師的事讓同學知道後，我們班就多了一位「老師」，連老師也常常叫洪雅庭「洪老師」，讓她哭笑不得。

快到學校時，前方又出現一個熟悉的背影——施明仁。施明仁不但名字是明仁，事實上，他也是個「名人」。

施明仁是腦性麻痺患者，長相很特別，走路姿勢很特別，全校又只有他一個，所以大家都認識他。

從和施明仁同班開始，他每天就是由他媽媽開車送來學校，為了不妨礙校門口交通，他媽媽總是

把車停得遠遠的，然後幫施明仁背書包，陪他走進學校。放學後，他媽媽再用相同的方式，反方向接他回家。

施明仁走路的姿勢很特別，他兩隻腳的膝蓋靠在一起，小腿向外張，從大腿到腳掌，看起來很像英文的「X」。

走起路來，身子會左右傾斜、搖晃，好像會跌倒的樣子，在他媽媽的陪伴下，一步一步走向學校。

因為施明仁走得慢，剛到校門口，我就超越了他。我轉過頭，打招呼說：「施明仁早，施媽媽早。」

施明仁的媽媽很快的回了我一聲早，他才擠眉、弄眼、癟嘴的擠出：「張純娟，早安。」

進了校門後，我對施明仁的媽媽說：「施媽媽，你把施明仁的書包給我，我幫他背進教室。」

施明仁的媽媽揮著手說：「不用了，不用了，我幫他背就好了。」

「沒關係啦！我也要進教室啊！交給我背，你也可以少走一段路。」我說。

施明仁的媽媽看看我，又看看施明仁，停了一下，說：「好吧！那……就麻煩你了。」

我一邊接過書包，一邊說：「別客氣，我只是順便而已啦！」

施明仁的媽媽離開後，我背著施明仁的書包，陪他慢慢爬過二樓，上了三樓，進到教室。

我把書包放好，施明仁擠眉、弄眼、癟嘴的擠出：「張純娟，謝謝你。」

我笑一笑，喘著氣說：「別……別客氣。」

說真的，背自己的書包已經很重了，何況又多背一個，還要爬上三樓，不喘才怪呢！

不過，比起施明仁的媽媽，這只是小巫見大巫罷了。

2 名人的特權

鐘聲響起，晨間打掃的時間到了，原本安靜無聲的教室，隨之起了騷動，負責外掃區的同學，陸陸續續走出教室；負責打掃教室的，也紛紛拿起用具，掃地的掃地，擦窗戶的擦窗戶，沒有一個人閒著。

施明仁的行動較不方便，照理說，應該可以不用做打掃工作，可是老師認為他也是班上一份子，當然也要出一份力，所以要他負責整理黑板和擦老師的桌子。

前一天下午打掃時，黑板已經被另一個同學整理得乾乾淨淨，幾乎不需要打掃、整理，施明仁只是把板擦和粉筆從原來的位置拿起來，再放到他認為適當的位置，就算整理完成。

至於老師的桌子，老師本來就是個愛乾淨的人，桌上的文具用品和書本一直擺得很整齊，沒事她就拿抹布擦，幾乎不需要整理。但因為是老師的桌子，所以施明仁用抹布拚命擦，連桌面的漆都快被他擦掉了！

大概是覺得自己的工作太輕鬆，施明仁做完之後，拿起打掃用具，主動幫同學的忙。

可是他還沒有幫到什麼忙，掃地的同學便叫：「施明仁，你靠邊一點，我才不會掃到你。」

施明仁往旁邊一靠，擦窗戶的同學又說：「施明仁，你不要站在我後面，戳到你怎麼辦？」

施明仁移到另一個地方，排桌椅的同學就喊：「施明仁，你離桌椅遠一點，小心椅子掉下來砸到你。」

施明仁雖然一片熱心，卻像皮球一樣被踢過來，踢過去，什麼忙也沒幫上。

打掃結束，要升旗了，同學們紛紛往操場移動，只有施明仁紋風不動的坐在

椅子上，看著同學走出教室。

「太陽這麼大，天氣這麼熱，升什麼旗嘛！」抱怨聲響起。

我轉頭看，說話的是陳慶家。

陳慶家也真奇怪，他每節下課都跟著葉健良去操場打球，打到汗流浹背，滿臉通紅，都不嫌熱，竟然嫌升旗太熱！

「那你就不要去升旗呀！如果你不怕被老師處罰的話。」葉健良說。

陳慶家回頭看教室一眼，有意無意的說：「像施明仁多好，不用升旗，不用晒太陽，多好！」

「你可以學施明仁，也得腦性麻痺呀！」葉健良說。

老師明明說過，不可以拿施明仁的身體開玩笑，或當話題討論，葉健良和陳慶家卻偏偏這麼做，而且是當著施明仁的面，我忍不住了，立刻破口大吼：「葉健良，陳慶家，你們兩個亂講些什麼？」

聽到我的吼聲，葉健良和陳慶家發現說錯話了，立刻互看一眼，匆匆忙忙的衝出教室。我一邊走出教室，一邊偷瞄施明仁，只見他的臉忽紅忽白，一副尷尬的樣子。

「葉健良，陳慶家，你們這兩個該死的傢伙！」我在心裡罵著。

施明仁身體有缺憾，所以在班上享有許多「特權」，免升旗就是其中之一。我們的教室在三樓，施明仁行動不方便，老師怕他上下樓梯發生意外，特准他不用參加升旗典禮，葉健良和陳慶家竟然拿他的身體當話題，真是可惡至極！

午餐結束後，同學們不是忙著飯後潔牙，就是等著收拾善後。忽然，傳來一聲「陳慶家，準備到操場報到。」，「好，馬上來。」陳慶家說完，老師尖銳的聲音響起：「葉健良，輪到你抬餐盒去餐車回收，你去操場做什麼？」

葉健良轉身看向黑板，指著說：「抬餐盒沒有我的座號呀！怎麼會輪到我？」

老師指著黑板說：「八號是施明仁，他不方便抬，所以往後跳一號，你不是九號嗎？當然輪到你抬呀！」

聽老師這麼說，葉健良沒辦法賴掉，轉頭瞪施明仁一眼，嘴裡念念有詞的去抬餐盒——想也知道，他一定滿心不情願！

因為施明仁行動不方便，免抬餐盒也是他的「特權」之一。每當輪到他抬餐盒時，座號就往後跳一號，一跳就跳到葉健良，所以「老師提醒葉健良」的戲碼

每隔幾天就要上演一次。

葉健良抬餐盒離開不久，洪雅庭衝進教室，喘著氣對老師說：「老師……我跟你說，葉健良……真是太可惡了。」

看洪雅庭上氣不接下氣的樣子，老師說：「你慢慢講，他哪裡可惡了？」

洪雅庭依然喘著氣：「剛才我上樓時，在樓梯口遇到葉健良，他對同學說，是施明仁害他抬餐盒，還說班上如果沒有施明仁，那就太好了。」

「他……真的這樣說？」老師問。

「真的！我親耳聽到的。」洪雅庭信誓旦旦。

聽完洪雅庭的話，老師把陳慶家叫過去，低聲交代幾句話，陳慶家就跑出教室。我猜，老師一定是要陳慶家去叫葉健良回來問清楚。

不久，葉健良和陳慶家回來了，午休鐘聲也響了，老師把同學安頓好，叫葉健良跟她走出教室。我猜，葉健良一定會被教訓一頓，真是太好了！

3 正常人

又是一個陽光燦爛的上午，加上氣溫高，從家裡走到學校，就讓我揮汗如雨，口袋裡那條小手帕，已經溼得可以扭出水了。

來到校門口，正好遇到洪雅庭，道了早安後，我和她並肩走向教室。

洪雅庭長得高，看起來很成熟，像個小女人，同樣讀六年級，我和她走在一起，有點像媽媽帶女兒，根本不可能「並肩」！說到這裡，我不免有點自卑起來……

「最近葉健良看我的眼神，就像看到仇人一樣。」洪雅庭忽然說。

「為什麼？你得罪他了？」我好奇的問。

「就那天我向老師告狀那件事呀！」洪雅庭說：「他被老師叫去訓了一頓，

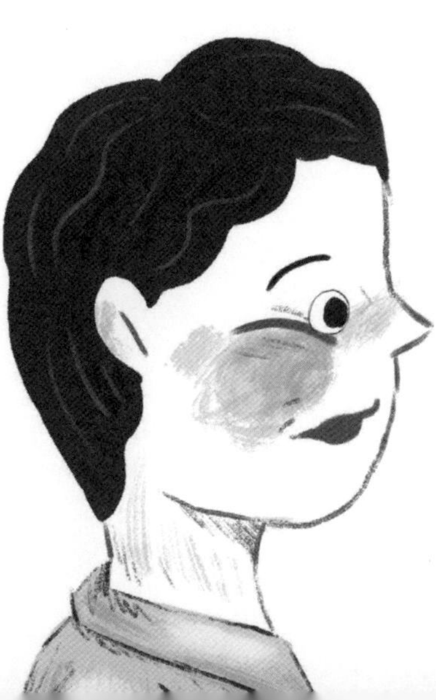

還要他向施明仁道歉。」

原來是那件事！葉健良心胸未免也太狹窄了，他拿施明仁身體的缺陷當話題，本來就不對，被老師訓話是應該的，向施明仁道歉也理所當然，想不到竟遷怒到洪雅庭身上。

「算了，你就別跟他計較了。」我安慰洪雅庭。

洪雅庭笑一笑，右手掌拍拍頭頂，說：「我是『大人』不計小人過，才不會跟他計較呢！」——她特地提高「大人」二字的音調。

看洪雅庭的動作，聽她說話的口氣，我忍不住笑出來——這個洪雅庭，實在太有梗了！

打掃時間，同學們認真工作著。施明仁整理好黑板、擦完桌子，拿用具想幫忙，又像皮球那樣被踢來踢去。

這樣的畫面每天上午都會重播一次，施明仁卻「樂此不疲」，我真是服了他那種不屈不撓的精神！

鐘聲響起，升旗時間到了，同學們紛紛往操場移動。這次，除了施明仁紋風不動的坐在椅子上，還包括我和另一個女生，因為輪到我們倆當值日生，值日生免升旗也是一種特權。

同學離開教室後，我和另一個女生拿拖把開始拖地板。拖地板是老師的規定，她說，值日生不用參加升旗典禮，不是留在教室納涼、休息，而是要做更多事。拖了地板，教室變得涼爽，同學升完旗進教室後，就能自動降溫。

我和另一個女生拖地板時，施明仁也拿拖把幫忙拖。

「施明仁，你不要拖，小心弄溼褲子！」我學那些「踢皮球」同學的口吻。

施明仁一邊拖，一邊擠眉、弄眼、癟嘴的說出：「我雖然行動不方便，但沒

有不方便到不能做事，你看。」說完，他賣力的拖起來。

我停下工作，看著施明仁。是啊！他會拖，而且拖得不錯。

「我以為……以為你行動不方便就……」我不知如何說下去。

施明仁笑笑，擠眉、弄眼、癟嘴說：「在家裡，我爸媽常叫我做事，他們說，因為我行動不方便，需要多學做事，才不會連累別人，或是依賴別人幫忙。」

原來施明仁會做

事，難怪他做完自己的工作，都想幫同學的忙。同學們不知道他能幫忙，怕他受傷，才會讓他像皮球那樣被踢過來、踢過去！

拖完地，另一個女生靜靜的坐回座位看書，我和施明仁靠在走廊欄杆旁聊天。

「張純娟，謝謝你。」施明仁擠眉、弄眼、癟嘴說。

「謝我什麼？」我問。

「謝謝你上次幫我背書包呀，還有……」施明仁停了一會兒，又說：「那天幫我阻止葉健良和陳慶家……」

「那只是舉手之勞，謝什麼？」我不在意的說。

「本來就該謝的呀！」施明仁繼續說。

真的不想再聽這些道謝的話，我岔開話題，大膽的問施明仁，他是怎麼罹患腦性麻痺的。

施明仁說，他媽媽告訴他，生他的時候遇到難產，生產過程不順利，耽誤了時間，因缺氧而導致他腦性麻痺……

啊！難產造成的！想不到媽媽生孩子也有這麼大的風險！和施明仁比起來，我和同學們真是幸運多了。

過了一會兒，施明仁擠眉、弄眼、癟嘴說：「因為我是腦麻兒，看起來不像正常人，所以我爸媽從小就訓練我要像個正常人。」

正常人？我不解的看著施明仁。施明仁看出了我的疑惑，笑笑

說：「就是……希望大家不要用特別的眼光看我，能把我當成一般人啦！」

一般人？我懂了！難怪他每次都要拿工具幫同學的忙，只是大家對腦性痲痺患者有著既定的印象，要把他當正常人……實在有點難！

忽然，雜沓的腳步聲從樓梯間傳了過來，同學們升完旗回來了。一進教室，葉健良和陳慶家就不約而同的喊：「啊！好涼快呀！還是教室裡舒服！」

我轉頭看葉健良和陳慶家，心想：涼快！舒服！你們知不知道現在享受的涼快和舒服，一部分是身體被你們拿來當話題的施明仁貢獻的？

接著，我看向施明仁，他靜靜的坐在椅子上——如果他不擠眉、弄眼、癟嘴，不站起來走路，不也是個正常的人嗎？

4 體育課

「噹噹噹！」

鐘聲響起，午休結束，教室裡起了一陣小小騷動。下一節是體育課，那些好動的同學已經躍躍欲試，小騷動就是他們造成的，尤其是葉健良和陳慶家，更是大聲嚷著：「快喔！到操場報到囉。」

看看外面，熾熱的太陽當空掛，陽光亮得讓人不得不瞇著眼睛，這種天氣上體育課，不熱到暈倒才怪！話雖這麼說，課還是得上，我只好跟著大家往操場移動。

跑完操場，做了熱身操後，施明仁自動走到操場邊的榕樹下，一屁股坐下。

免上體育課也是施明仁的特權之一。雖然他免上體育課，但是有些適合他的

動作，老師還是會要他做，像跑操場——其實算是半走半跑、做熱身操，或是投籃球等。

「我們今天要繼續練跳遠，有誰不能跳？」體育老師問。

上一次體育課練跳遠時，我的右腳沒踩好跳板，拐了一下，腳踝受傷了，到今天都還貼著藥布，立刻舉手說：「老師，我不能跳。」

體育老師看我一眼，問：「你為什麼不能跳？」

我走到老師面前，伸出右腳，露出藥布，說：「上一節課扭傷了。」

體育老師再看我一眼，說：「對喔！我想起來了。你就到樹下休息吧！」

到樹下休息！真好，這樣我就不用晒太陽了。只是……操場邊的樹那麼多棵，

我要到哪棵樹下休息呢？

忽然，我看到施明仁，決定到他坐的那棵樹下，一來有伴，二來可以和他聊天，才不會太無聊。

剛在施明仁旁邊坐下，他就問：「張純娟，你怎麼也來這裡？不用上課呀？」

我伸出右腳，露出腳踝的藥布，說：「上一節課練跳遠時，不小心扭傷了。」

「很痛嗎？」施明仁問。

很痛嗎？老實說，只有一丁點兒痛，勉強還是可以跳，只是我惜皮惜肉，貼塊藥布求心安罷了。但為了不被施明仁笑，我還是煞有其事的說：「當然痛，不痛，我怎麼會來樹下休息？」

施明仁看我一眼，信以為真的「喔」了一聲。

安靜了一會兒，我覺得有點無聊了，問施明仁：「大家上體育課時，你都坐在樹下做什麼？」

施明仁笑笑說：「有時候看同學上課，有時候像呆子一樣整個人放空，有時候就胡思亂想。」

「哇！可以做這麼多事！」我感到很意外。

「還有呢！」施明仁繼續說：「有時候我會想像自己在跑道上賽跑，有時候我會想像和同學一起打躲避球。」

「這些也能想像！」我不相信。

「當然可以呀！不信你試試看。」施明仁興致勃勃的說。

「我……我應該沒辦法。」我搖搖頭。

「有時還會想像到流汗、喘氣呢，就像真的在上體育課一樣。」

用想像的會想像到流汗、喘氣，像上體育課一樣！施明仁會不會想像得太誇張了？可是，看看他那一臉煞有其事的表情，不相信好像又不行。

施明仁說，他很羨慕同學每個星期有兩節體育課可上，也很想跟同學一樣，可以在操場上跑跑跳跳，可以汗流滿面，甚至體驗一下像我這樣腳扭傷的感覺，可惜沒有機會。

我告訴施明仁，可以利用下課時間，自己到跑道上跑。施明仁說，下課跑道上人很多，他怕妨礙別人，也怕被別人笑……

是啊！施明仁說的是事實！那……還有什麼辦法呢？

我不想再聊這種沒有解答的話題，靈光忽然一閃，問：「施明仁，你還有兄弟姊妹嗎？」——我問這個問題是想知道：如果他有兄弟姊妹，會不會也……

施明仁答：「我媽媽只有生我一個，她說，照顧我都沒有時間了，哪有時間生第二個？還有，她也怕……所以不打算再生。」

「那……你在家只有一個人，不會很寂寞嗎？」

「對呀！所以我很喜歡上學，學校裡同學多，很熱鬧，在學校就不會寂寞。」

對呀！學校裡同學多，很熱鬧，可是因為施明仁是腦性痲痺患者，很多同學怕會傷到他，不是不敢與他接觸，就是和他保持距離，這樣他也喜歡上學？

「張純娟，你有其他兄弟姊妹嗎？」施明仁反問。

「有啊！我還有一個哥哥，他今年讀國三，忙著準備考試，每天很早出門，很晚回家，我們很難講到幾句話……」還沒說完，我看到體育老師向我們招手，要我們過去。

「老師在叫我們了。」我一邊說，一邊站起身子，邁開步伐走去。後面傳來鞋子與地板的摩擦聲，應該是施明仁——他因為姿勢的關係，走路時，鞋子會摩擦地面發出「沙沙」聲。

進到隊伍裡，只聽到體育老師說：「跳遠這單元上完了，下次上課要做測驗，請大家利用時間多練習……」

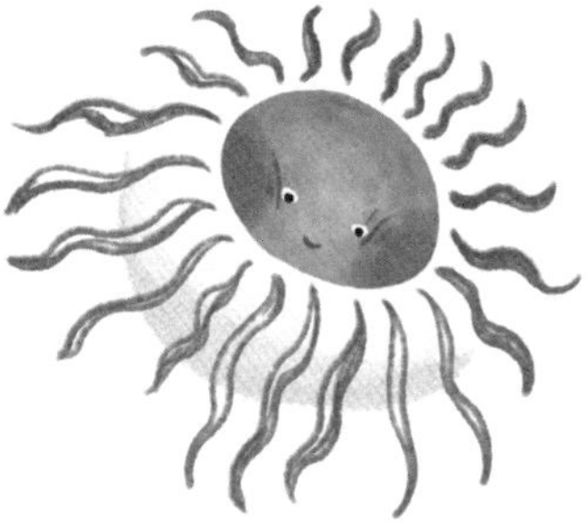

5 池魚之殃

雖然剛才我坐在樹下休息，沒有上體育課，回到教室後，卻也覺得很熱，汗水都被熱了出來。

我沒有上體育課，但同學們上了，他們在大太陽底下晒了一節課，個個滿臉通紅，個個一頭汗水，有些人甚至頭髮都溼了，教室裡的熱氣，就是從他們身上散發出來的。

「熱死人了，誰把電扇開一下嘛！」葉健良大聲叫。

「你自己不會過去開呀！」有人嗆葉健良。

「施明仁，開關在你旁邊，你開一下。」葉健良半指揮，半命令。

坐在旁邊的施明仁站起來，舉手按了開關，扇葉跟著轉動起來。過了一會兒，

熱氣散了，教室涼快許多。

在教室裡，老師怕下課時人來人往的，會撞到施明仁，所以特地把他安排在靠牆邊的位置坐，電扇的開關就在他的右上方，剛才葉健良說「誰把電扇開一下」，其實就是叫施明仁開，因為他常常這樣做。

葉健良好手好腳的，不自己去開，總是叫行動不方便的施明仁開，許多同學都覺得他很過分，剛才說「你自己不會過去開呀」的同學，就是覺得葉健良很過分的其中之一。

洪雅庭拿著水壺經過我身邊，停下來看了看，說：「張純娟，你好好喔！不用晒太陽上體育課，還可以在樹下休息。」

我有點心虛的笑笑說：「那是因為……我的腳扭傷了，不能跳遠嘛！」

洪雅庭看了看我的腳，說：「老師說下次上課要做測驗，到時候你怎麼跳？」

「我傷得不是很嚴重，到時候應該就好了，沒問題啦！」我有點尷尬的回答。

由於剛上完體育課，同學們都在聊剛才跳遠的事，有的誇讚某某人跳得遠，

有的互揭瘡疤，一片鬧哄哄的。我雖然沒跳，但還有腳扭傷的話題和洪雅庭聊。看看施明仁，他既沒上體育課，也沒有其他話題，沒辦法加入聊天的行列，只好一個人靜靜的看著大家聊。

「下次體育課測驗跳遠，我一定是最低分的，你們不可以笑我喔！」說話的是班上噸位最大的男生，他一說完，一陣爆笑聲隨即響起。

「叫你們不要笑，你們還笑！」他又說話了。

「你是說測驗時不要笑，又不是說現在！」有人反駁。

那個噸位最大的男生會這麼說，是因為他真的很好笑——他助跑的時候，臉上和身上的肉會像波浪那樣上下波動，跳的時候也不像跳，像跨一步出去而已，跳的距離也是全班最近的。他每跳一次，同學們就大笑一次。

「不管！到時候我如果最低分，誰笑，我就對他不客氣！」噸位最大的男生警告著。

「放心，不會最低分啦！老師知道你胖，跳不遠，他會用另一個標準給你分數啦！」葉健良說。

「你又不是體育老師，你怎麼知道？」噸位最大的男生問。

葉健良身子一轉，指著施明仁說：「像施明仁，他除了跑跑步、做做熱身操，幾乎沒上過體育課，也沒做過什麼測驗，老師還不是給他分數！」

聽到葉健良又拿施明仁的身體當話題，有些人一直向他眨眼睛，有些人一直小聲叫

「葉健良」，暗示他別說了。我轉頭瞄瞄施明仁，他轉身把臉面向牆壁，裝做沒聽到的樣子。

這時，噸位最大的男生忽然說：「那我不就和施明仁同一類了！」

話剛說完，許多同學不約而同的「喔喲」了一聲，紛紛暗示、明示，要他們兩個別再說下去了。

上課鐘響了，老師進教室後，叫同學拿出課本上課。趁著拿課本，我又瞄瞄施明仁，他依然面向牆壁，背對同學，不知是不想看大家，還是不想讓大家看他。忽然間，我覺得施明仁很渺小，很……可憐！

放學了，我跟著路隊下到一樓，猛的想起國語習作沒帶到。沒帶到國語習作，回家就不能寫作業，立刻折回教室。這時，施明仁和幫他拿書包的同學正要下樓——他向來都是等同學走光才下樓。

拿了習作，我跟在施明仁後面，看著他一步一步的下到一樓，一步一步的走出校門，和他的媽媽會合。施明仁的媽媽從同學手中接過書包，道了謝後，陪著施明仁，向停車的地方走去。

我和他們母子倆走的是同一個方向，就繼續跟在他們後面。一邊走，一邊聽著他們母子的對話：

「今天還好嗎？」施明仁的媽媽問。

「很好啊！」施明仁答。

「同學呢？有沒有對你怎麼樣？」施明仁的媽媽又問。

「也很好啊！他們都很照顧我，常跟我聊天。」施明仁說。

「今天上了哪些課？」施明仁的媽媽再問。

「國語、數學、自然，還有……體育。」

施明仁說「體育」的時候，遲疑了一下，我想，他大概不太願意說吧。

「體育課上什麼？你有上嗎？」

「上跳遠，我只有在旁邊看。」

……

6 運動會

「同學們在上下學途中，一定要多留意身旁的陌生人，確保自身的安全……」

太陽像火球似的掛在空中，炎熱的陽光照射到身上，同學們已經熱得躁動起來，台上的校長依舊滔滔不絕的講著。

升旗台有屋頂遮擋太陽，校長晒不到，我們卻是站在陽光下，他一點都不體諒我們的「水深火熱」。校長說的那些，我們都不知聽過多少回了，他竟然還能不厭其煩的一講再講。

不知過了多久，校長終於講完、下台，同學們以為可以回教室了，想不到學務主任接著上台，拿起麥克風就說：「各位同學……」他「各位同學」剛說完，操場上不約而同的響起一聲「喔」，雖然每個人都「喔」得很小聲，因為人多，又異

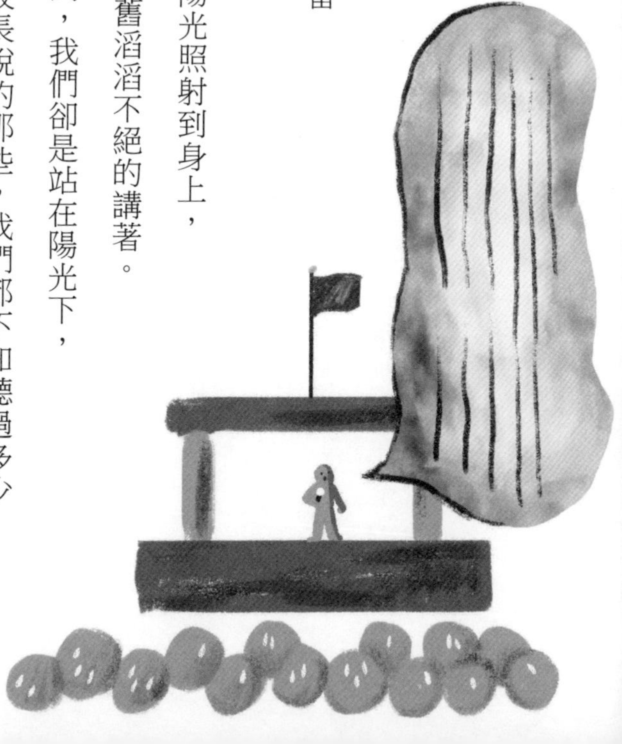

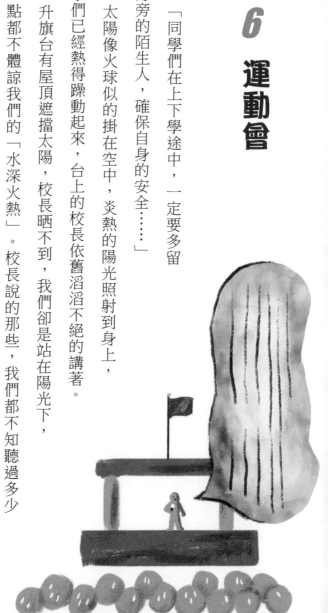

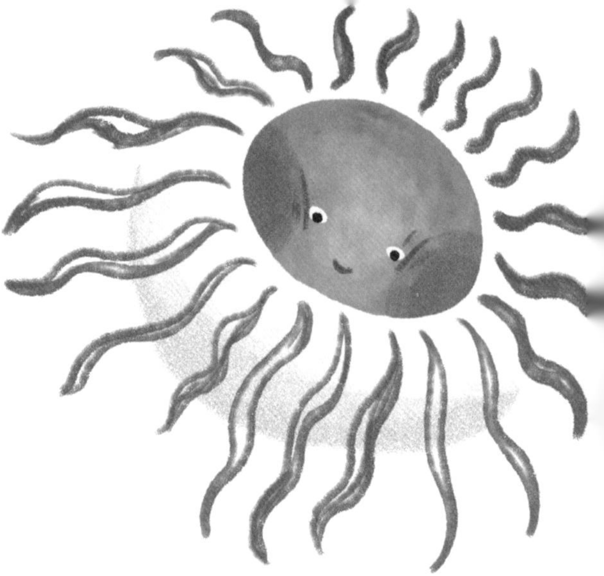

口同聲，所以「喔」就變得很大聲。但學務主任並沒有因為這聲「喔」而生氣，或是停止講話，擴音器持續不斷的傳出主任的聲音。

就在躁動又將出現時，擴音器傳出「再過不久，我們要舉行校慶運動會……」

聽到「校慶運動會」，抱怨聲小了，躁動停了，大家全都豎起耳朵聽主任報告。

當主任的「報告完畢」說完，操場上忽然沸騰起來，這邊一句、那邊一句的談論著，話題當然是運動會——這是同學們的最愛。

回到教室後，因為「學校要舉行運動會」的關係，儘管被太陽晒得滿臉通紅、汗水直流，儘管身上不停冒著熱氣，同學們繼續沸騰著，剛才升旗時的抱怨全都不見了。

「嘿！又要舉辦運動會了，我好期待呀！」

「對呀！這是小學最後一次運動會，我們一定要特別珍惜。」

「五年級時，我們每項比賽都大獲全勝，今年絕對不能漏氣啊！」

⋯⋯⋯⋯

不論男生、女生，每個人都情緒激昂的談論著⋯⋯不！不是每個人！有一個人沒有——施明仁，他靜靜的坐在座位上，有點茫然的看著同學。

這也難怪，施明仁沒參加升旗典禮，沒聽到學務主任說運動會的事，所以他不清楚同學們為什麼情緒激昂。

老師進來了，同學們好不容易靜下來。等老師說明完運動會的舉辦日期，以及相關活動後，教室裡再次沸騰起來。經由老師說明，施明仁知道同學們沸騰的原因了，不過，他還是靜靜的看著大家沸騰，沒有

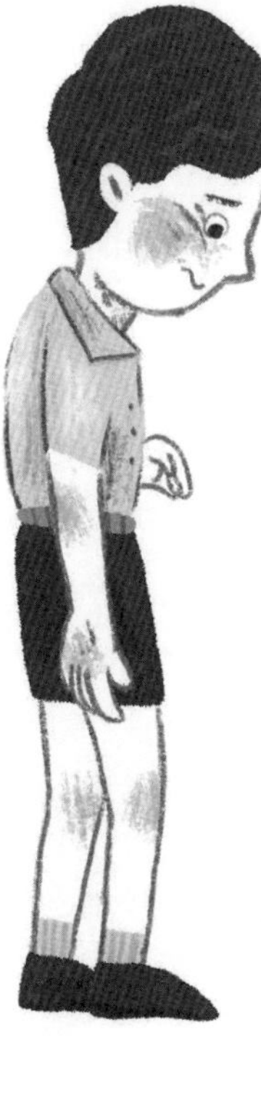

加入，也沒有什麼反應。

其實，我能體會施明仁的心情，平常他連體育課都沒辦法上，運動會對他來說，更是遙不可及的事，去年運動會，他還請假沒來學校呢！

鐘聲響完，老師要同學們拿出課本上課。擔任體育股長的葉健良忽然站起來，問：「老師，這次運動會各項比賽的選手是照去年的？還是要重新選過？」

老師看葉健良一眼，臉一沉，說：「這節是數學課，我要上數學，不是討論這個的時候。」

葉健良討了個沒趣，臉一繃，一屁股坐下來，嘴裡還念念有詞的，看得出他有點不滿。

老師開始講課了，大家雖然眼睛都看著黑板，從眼神和表情看得出，每個人都心不在焉，因為心都被運動會占滿了，當然，也包括我。只有一個人例外——施明仁，他抬著頭，目不轉睛的盯著老師，絲毫不受運動會的影響！

下課後，我拿著剛才升旗時擦汗擦溼了的手帕去洗手台洗，正好施明仁在洗手。我一邊洗手帕，一邊問施明仁：「你有聽到老師說學校要舉辦運動會嗎？」

「聽到了呀！」施明仁答。

「你……是不是不喜歡運動會？」我邊問邊瞄施明仁。

「喜歡呀！怎麼會不喜歡？」施明仁淡淡的答。

「可是……剛才同學們討論時，你好像……好像一點都不興奮。」我說。

施明仁淡淡的說：

「興奮不一定要顯現在臉上，興奮在心裡也是興奮呀！」說完，他甩了甩手上

的水滴，頭也不回的轉身進教室。

看他的樣子，好像不是很高興，我忽然驚覺：我是不是說錯了什麼話？或是問錯了什麼問題？哎！果然是禍從口出！

忽然，教室裡傳來一聲「啊」的驚叫，大家全都圍過去看，原來是噸位最大那個男生把一個女生撞倒在地上，「啊」的驚叫是來自那個女生。

看到這一幕，我想起五年級時，有一次，施明仁也被那個噸位最大的男生撞倒過，當時，施明仁在地上躺了好久，老師和噸位最大的男生都嚇壞了，幸好後來沒事。那件事發生後，為了避免施明仁再被撞倒，於是老師把他安排在靠牆邊的位置坐。

「你不知道你很胖嗎，這樣撞人家，把人家撞傷怎麼辦？」

「對不起！對不起！我不是故意的！」

聽到這樣的對話，教室裡發出一陣爆笑……

7 選拔選手

下課時，葉健良忽然停在我座位旁。

我和葉健良雖然同班，但屬於不同類型的人，所以很少有什麼互動。他忽然靠近我，一定有什麼「陰謀」，於是我抬頭看著他。

「張純娟，吃過午餐後，請你留在教室，不要出去。」葉健良開口說。

這個葉健良膽子可真大，竟然命令我不要離開教室！我斜眼看著他，冷冷的問：「為什麼不能離開？」

葉健良說：「我要集合大家選運動會比賽的選手。」

選運動會選手是全班的事，我「喔」的應了一聲，葉健良就轉身走開。我看著他去找另一個同學，兩個人比手畫腳的，我猜，葉健良大概也是要那個同學午餐後留在教室吧！

這個葉健良做事真沒方法！他可以在黑板旁寫「午餐後請大家留在教室，選運動會選手」啊！同學們上課一定要看黑板；只要看黑板，就能看到那句話，全班不就都知道了？像他這樣一個一個的通知，要通知到什麼時候？萬一漏了哪個同學怎麼辦？哎！果然不是每個人都像我這樣冰雪聰明！

葉健良走過施明仁身旁。施明仁是班上的一份子，葉健良也應該通知他才對，可是他看都沒看一眼，就跳過施明仁，直接找下一個同學——在葉健良眼中，運動會似乎根本沒有施明仁的份！

午餐後，同學們都很配合的留在教室。葉健良站上台去，說：「我徵求了老師的同意，利用這個時間選運動會選手，請大家多多合作。」

「先選哪一項的選手？」陳慶家問。

葉健良頓了一下，說：「大隊接力的選手比較難選，先選大隊接力的好了。」

在葉健良的主導下，同學們一個個的提名，再一個個的表決。偶爾提到一個好像可以，又好像不可以的人時，就卡住、討論起來。

「不行啦！羅志峰跑得不夠快，讓他跑一定會輸。」

「游秀玲體力不好，我覺得她不適合。」

……

類似這樣的討論一直出現，感覺像在開批判大會，看看那幾個被批判的同學，不是臉色難看，就是低頭不語，多難堪呀！

不是我愛批評葉健良，他做事真的沒有方法！我們班有二十三個人，大隊接力需要十個男生、十個女生，共二十人，只要用刪去法刪掉不能跑的三個人，不就選出來了嗎？

「繼續提名，拜託快點，時間不多了。」

葉健良催促著。

看葉健良在台上的蠢樣子，我又好氣，又好笑，忍不住站起來，把我剛才的想法告訴葉健良，也說給同學們聽。

「張純娟的這個方法好像比較快。」

「早說嘛！害大家陪著你浪費這麼多時間！」

「好啦！我們就用刪去法選啦！」

……

聽到同學們的附和，我覺得十分得意：對嘛！並不是每個人都像我這樣冰雪聰明！

刪去法開始了，第一個被刪的就

是施明仁，因為他行動不方便，不適合賽跑。

看到施明仁第一個被刪，我愣住了，因為我提刪去法時，只有想到快速解決問題，並沒有考慮到施明仁會被刪！想到這裡，我用斜眼瞄向施明仁，他又擺出招牌姿勢——面向牆壁，背對同學。突然間，我覺得好內疚，好對不起施明仁……

第二個被刪的是噸位最大的那個

男生……不，他不能算是被刪的，看施明仁被刪後，他自己站起來說：「我很胖，跑不快，為了不要害大家，我自願被刪。」

「你不是跑不快，是跑不動，好不好？」陳慶家冒出的這句話，逗得全班哈哈大笑。

第三個被刪的是一個女生，因為她有氣喘，怕跑一跑會喘不過氣，所以自願被刪。

二十三減三等於二十，大隊接力的選手出爐了，同學們又你一句、我一句的討論起來：

「看，張純娟的刪去法多快呀！」

「對呀！做事要用頭腦，要有方法，才不會浪費時間。」

「下次選選手時，記得也要用這種方法。」

「還下次呢！那時已經讀國中了啦！」

……………

聽著同學們的附和，這次，我一點也不得意，也不覺得自己聰明，因為我傷了施明仁，真是聰明反被聰明誤！

午休鐘響了，要不是我提了刪去法，到現在大概還沒完沒了吧！下次選其他項目的選手時，相信葉健良也會用刪去法選了。

說到刪去法，我寧可沒提，它雖然幫葉健良解決了問題，卻對施明仁造成傷害，而且葉健良也沒感謝我，不是聰明反被聰明誤，是什麼？

趴在桌上，我的思緒很亂，亂得像很多線條錯綜複雜的交疊在一起，找不出線頭在哪裡。轉頭瞄瞄施明仁，他也趴在桌上，依舊是面向牆壁，背對同學……

「不行！我一定要找機會好好向他致歉！」我在心裡決定。

8 最後一次

跳遠場上，正進行著跳遠測驗。那個噸位最大的男生一直吵體育老師，終於吵到最後一個跳。

他站上起跑點，深深吸一口氣，開始向前跑，一邊跑，臉部和身上的肉就像波浪似的上下波動。跑到起跳處，右腳往跳板一踩，用力跳……不！用力跨出去，不到一秒的時間就落地了。

體育老師丈量後，喊：「九十三公分。」同學們一聽，不約而同的笑出來，因為九十三公分真的很近——明明是測驗跳遠，他卻是「跳近」。

看到大家在笑，噸位最大的男生嘴裡雖然嚷著：「我不是說不可以笑我嗎？」可是他並沒有對哪一個人不客氣。

測驗結束後，離下課還有一段時間，體育老師同意讓同學自由活動，條件是不可以離開操場，不可以離開他的視線範圍。

剛才測驗跳遠時，我就在注意施明仁，利用自由活動時間，我走到施明仁坐的樹下，在他旁邊坐了下來，鼓起勇氣說：「施明仁，我要向你道歉，對不起。」

施明仁一臉疑惑的看向我，問：「你又沒有對我怎麼樣，幹麼向我道歉？」

「有啊！」我停了一下，繼續說：「昨天中午選大隊接力選手時，我提了刪去法，結果……害你第一個

被刪，我想……你一定很不舒服，我真的很對不起。」

「喔！那件事啊！」施明仁恍然大悟：「我沒有不舒服啊！被刪掉本來就是預料中的事。」

我轉頭看施明仁，問：「你真的沒有受傷？」

施明仁不在乎的說：「沒有啊！那麼容易就受傷，我不知死了幾百次了。」

既然施明仁沒有受傷，我就安心了，開始和他天南地北的聊起來，聊著聊著，又聊到運動會——這是當前最熱門的話題。

「張純娟，因為你幫過我的忙，所以我跟你說實話。我除了羨慕同學可以上體育課，更羨慕大家可以參加運動會。」施明仁說。

「你也可以參加呀！」

我還沒說完，施明仁就打斷我：「你沒有聽懂我的意思，我說的『參加』，是跟同學一樣上場比賽、跑步，就算輸了，我也心甘情願。」

對！我真的沒有聽懂施明仁的意思，因為我說的「參加」，是要他坐在休息區裡看同學比賽。

「喔！是這樣啊！」我點點頭。

施明仁告訴我，去年運動會時，他就是因為什麼項目都沒參加，覺得來學校沒有參與感，乾脆請假在家休息。我問施明仁，萬一今年運動會他又通通不能上場，是不是又會請假。施明仁看看操場，沉默了一會兒，告訴我：「應該會。」

跟著沉默了一會兒，我問施明仁：「如果……我是說如果讓你上場比賽，你覺得……你可以參加什麼項目？」

施明仁笑笑說：「老實說，我也不知道可以參加哪一項，或是說，我不知道哪一項適合我。」

「對呀！真的好難喔！」我半講給施明仁聽、半自言自語的說。

過了一會兒，換施明仁半自言自語、半講給我聽的說：「一年級到五年級的運動會，我都沒參加，這是我在國小階段的最後一次運動會，如果不能參加比賽，會是我這輩子最大的遺憾！」

最大的遺憾？對呀！小學六次運動會都沒參加，對施明仁來說，的確是個遺憾，還是個超級大的遺憾呢！

這時，體育老師的哨音響起，叫同學集合了。我和施明仁不約而同的站起身子，一前一後的進到隊伍裡。

老師整好隊伍後，說：「體育課的進度到這裡暫告一個段落，接下來的體育課，要用來練習運動會的表演和比賽項目，等運動會結束，進度再恢復正常。」

聽老師提到運動會，同學們又嘰哩呱啦起來——運動會是當前最熱門的話題。我偷偷瞄施明仁，他一臉木然。

回教室途中，我腦子裡一直想著，剛才施明仁說的「遺憾」，我能體會，因為我也有類似的經驗。

五年級時，校外教學前一天，我忽然發高燒，去醫院快篩的結果，我得了流感，必須要隔離，校外教學沒去成，還在家「閉關」了好幾天。

那種不能去校外教學的感覺，真的超級遺憾！但比起施明仁不能參加運動會，尤其是小學最後一個運動會的遺憾，我的只是小意思而已。

基於同學愛，基於我了解遺憾的感覺，而不想讓施明仁遺憾，我一定要想想看，有沒有辦法能幫他的忙。

我一邊想，一邊走回教室。我想得很專注，沒注意前方的路，猛的撞上一團軟軟的東西，被那東西向後一彈，整個人跌坐在地上，一陣痛感從屁股傳來。

我定睛一看，是那個噸位最大的男生，我竟然撞到他，還自己跌倒！一陣羞愧後，我立刻站起來，也不管屁股怎麼樣，沒命的就往教室跑……

9 謝謝老師

快到學校時，我聽到背後有人叫我，回頭一看，是洪雅庭。等她追上來後，兩個人邊聊邊走向學校。

聊著聊著，我忍不住把昨天撞到噸位最大那個男生的事告訴洪雅庭。

洪雅庭聽完，先是一陣大笑，然後說：「是你去撞人家耶！反而是你被撞倒！」

「那是因為他身上的肉很有彈性，我是被彈開跌倒的。」我發現祕密似的說。

「真的嗎？」洪雅庭不相信。

「當然是真的！不信你去撞撞看。」我慫恿著。

洪雅庭避之唯恐不及的說：「我才不要咧！」

往前走了幾步，洪雅庭問：「張純娟，你剛才說邊走邊想事情，才會撞到那個胖哥，當時你在想什麼？」

想什麼？不就是怎樣幫助施明仁不要留下遺憾嗎？這件事……我能告訴洪雅庭嗎？我想了想，洪雅庭不是「壞人」，也許她也可以幫上一點忙，就把昨天我和施明仁的對話，還有我想幫助他，以及昨天晚上我想到的方法告訴洪雅庭，拜託她也幫幫忙。

洪雅庭聽完，說對施明仁的遺憾，她也感同身受，很樂意幫忙，所以二話不說就答應了。

老師進到教室後，我開始盯著她看，注意著她的一舉一動，因為我昨晚想到幫施明仁的方法，得先得到老師的同意。

上課時，老師要講課，我想的方法在還沒有成定局之前，不能公開提出來講；下課時，老師不是忙著批改作業，就是有同學找她問問題。兩節課過去了，我還沒有機會接近老師。

洪雅庭靠到我身邊，著急的問：「張純娟，你怎麼都不去問老師啦？」

「不是不去問，是找不到機會問。」我皺著眉頭說。

洪雅庭轉頭看看老師，有兩個同學正圍在她身邊，好像在問問題，「說的也是。」洪雅庭點點頭。

一節課又過去了，鐘聲響完，我目不轉睛的盯著老師——她去洗手台洗了手，回座位拿毛巾擦手，收拾了桌面，起身離開教室。

我看機不可失，立刻轉頭看洪雅庭，正好她也向我看來，兩個人很有默契的站起來，出了教室，尾隨在老師後面，一直下到一樓，看旁邊沒有班上同學，才把老師叫住。

「你們兩個有什麼事嗎？」老師問。

「老師，有一件事想徵求你的同意。」我說。

「什麼事？說吧！」

我把昨天和施明仁聊天的內容，鉅細靡遺的說給老師聽，並表示想幫施明仁的忙，讓他的小學生活不要留下遺憾。老師聽完，先點點頭，再看看我，問：「你有什麼方法可以幫他？」

我先看看洪雅庭，看她是要她等一下幫腔，再看著老師說：「我想請老師同意，看有沒有哪個項目可以不計較輸贏，讓施明仁上場比賽。」

聽了我的話，老師又看我一眼，低頭沉思起來。這時，洪雅庭開口了：「老師，真的啦！輸贏沒有那麼重要，有沒有留下遺憾才是重要的。」

老師沉思完，抬頭看看我和洪雅庭，說：「你們有這個心，我很高興，我也同意你們的做法，但光我同意不行，比賽是全班的事，還要經過同學們的同意。」

聽了老師的話，我喜出望外的說：「謝謝老師的同意，我們會想辦法說服同學，大家一起完成這件事。」

老師離開後，我和洪雅庭高興得差點跳起來。

其實老師也是個在乎輸贏的人，去年運動會時，拔河比賽她喊得喉嚨都啞了，大隊接力她叫得比誰都瘋狂，想

不到她竟然會同意！對了，剛才忘了對她說「老師，謝謝你」，一定要找機會補說！

雖然老師同意了，但也不能單靠我和洪雅庭，班上還有二十一個人，得多找一些人同意、支持。

我告訴洪雅庭，兩個人分頭利用各個擊破的方式說服同學，而且要私底下找比較「善良」、有「愛心」的同學著手。聽了我的戰略，洪雅庭直說：「哎喲！感覺好緊張、好刺激喔！」

只要有空，我和洪雅庭就開始尋找「獵物」，再把這件事的來龍去脈和做法告訴「獵物」，然後曉以大義，動之以情，希望能獲得「獵物」們的支持。

真的很幸運，除了一、二個「獵物」讓我們費了一番口舌，大部分都同意我們的想法，也很願意配合。剩下幾個沒接觸的，或是比較難說服的，只好再想其他辦法。

各項比賽的選手都選出來了，想當然的，沒有一項有施明仁的份。不過沒關係，我會努力讓施明仁有份。

　　葉健良主導選拔選手的方式，還是用他那種「沒有做事效率」的方法，並沒有採用我的刪去法，有同學嗆他，他依然堅持用「沒有做事效率」的方法蠻幹。

　　哎！管他那麼多，反正都選出來了，葉健良喜歡就好。我還是努力的幫施明仁的忙，讓他的小學生活不要留下遺憾！

10 溝通

隔天，吃過午餐後，施明仁就被他的媽媽帶走了。曾經聽施明仁提過，好像是去醫院做例行性回診，或是復健吧！

施明仁不在，下一節是綜合活動課，進度沒那麼趕，所以我請求老師給我一些時間，向同學說明那件事，並徵求大家同意。這次，老師也欣然同意了。高興和緊張之餘，我又忘了說「老師，謝謝你」——下次一併補說吧！

上課鐘響完，我站上講台。因為我很少上台，看到我站到台上，同學們感到很意外，紛紛看著我，說話聲也變小了。

我吸了幾口氣，整理好心情，把我和施明仁那天的對話告訴大家，並提出「能不能選一項比賽，別在乎輸贏，讓施明仁也能上場，別讓他留下遺憾」的建議。

聽完我的話，教室裡窸窸窣窣的聲音靜了下來，每個人都左看看、右瞧瞧的。看同學沒出聲，我趁機說：「贊成的請舉手。」洪雅庭第一個舉手，其他同學也陸續跟著舉手——都是事先被我和洪雅庭說服的。

忽然，一聲「我反對」響起，同學不約而同的看向發聲者，是葉健良，他剛說完，陳慶家也跟著說：「我也反對。」

「張純娟，運動會是多麼重要的事，你怎麼可以提議大家放棄比賽，讓不可能贏的施明仁上場？」葉健良咄咄逼人。

「我只是不想讓施明仁因沒有參加小學最後一次運動會，而留下遺憾。」我努力解釋。

「那你有沒有想過同學們因為小學最後一次運動會，明明該贏的比賽卻輸了，而留下遺憾？」葉健良說得鏗鏘有力。

「那也只有一次遺憾啊！可是施明仁有六次……不，是一輩子的遺憾耶！」我力爭。

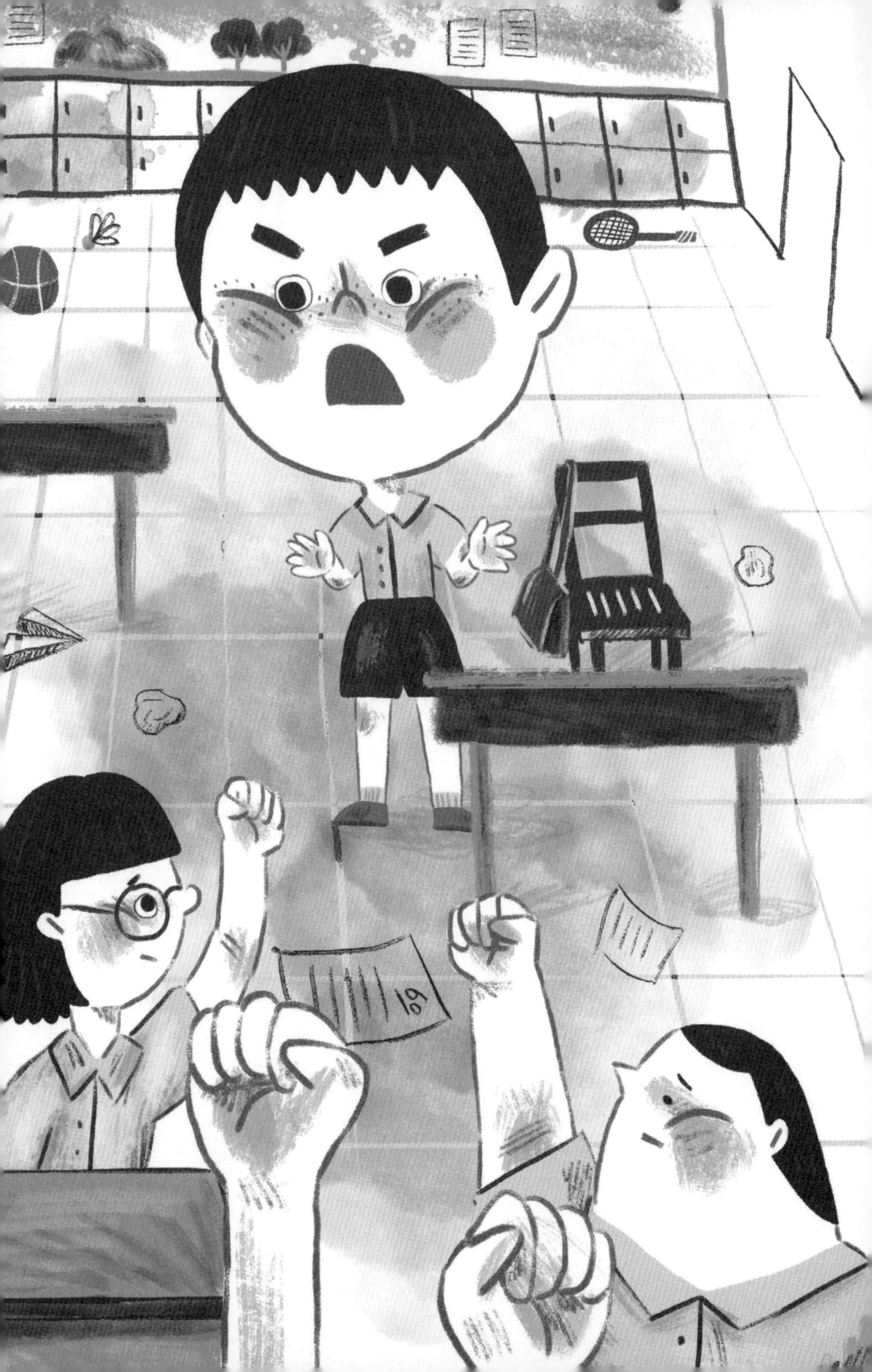

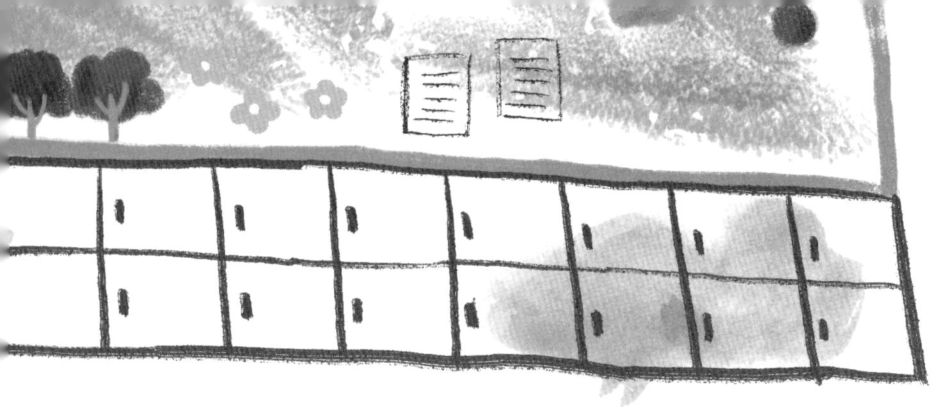

這時，同學們吱吱喳喳的「對呀」「就是嘛」「一次比起六次，算什麼」「一輩子的比較遺憾啦」附和聲此起彼落的響起。

看沒有人挺他，葉健良話鋒一轉，問我想讓施明仁參加哪一項比賽。這個問題我早就想過了，我告訴葉健良，順便告訴同學：「我想讓施明仁參加大隊接力，跑最後一棒。」

我們班去年是大隊接力第一名，贏第二名很多，如果我們在運動會之前加強練習，比賽時把距離拉得更大，施明仁跑最後一棒，或許還有贏的機會。而且大隊接力是運動會最後一個項目，是所有人注目的焦點，施明仁跑最後一棒，萬一贏了，他會永生難忘，就算輸了，他也不會有什麼遺憾了。

聽了我的說明，葉健良依舊堅持反對，還有陳慶家，他也有樣學樣的反對。

眼看場面僵住了，老師站了上來，說：「關於運動會這件事，

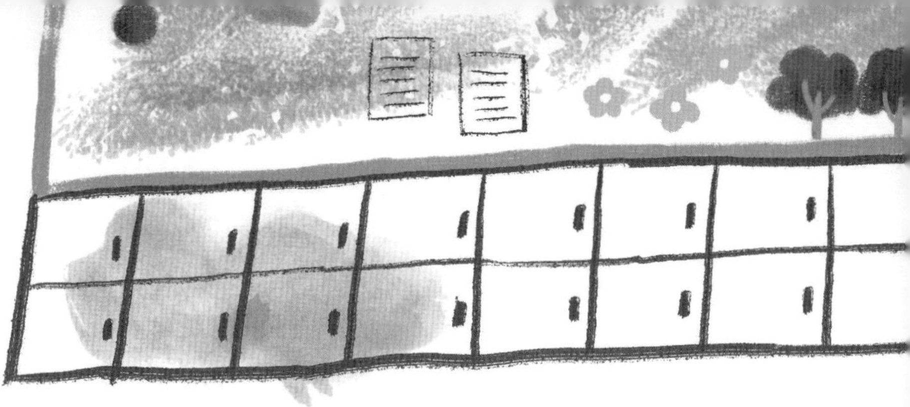

我想沒有一個人願意留下遺憾，至於怎樣讓遺憾變到最小，大家再冷靜想想。」說完，老師叫我下台，說她要上課，我只好回座位。

看！同學們都有同學愛，只有葉健良……不，還有那個只會跟隨他的陳慶家。說真的，我很氣他們兩個……是非常氣！如果沒有他們兩個，這件事不就盡如人意了嗎？

第二天早上，來到教室，我看到葉健良趴在走廊欄杆上望著操場，心想也許是個機會，就靠到他旁邊，問：

「葉健良，我可以和你說說話嗎？」

「說吧！」葉健良看都沒看我的答。

「關於那件事……」我放軟語氣說：「我只是不想看到施明仁有遺憾。」

「我知道，你昨天說過了。」葉健良語氣也有點軟——他昨天應該思考過這件事了。

我打鐵趁熱的說：「我記得有一次期末考，你說只要你國語考九十分，你爸爸就要送你一台ipad。結果你考八十九分，因為你在『染』的『九』上多點了一點。就因為那一點，你的ipad飛了，當時你還懊惱得把考卷撕了，那是不是也是一種遺憾？」

葉健良看看我，好奇的問：「你怎麼記得這件事？」

「大隊接力沒得名，不過就這麼一次，將來你還有很多次機會可以得名。施明仁身體有缺陷，他這次沒機會上場，以後可能更沒機會了，這個遺憾是不是很大？」我語氣和緩的說。

「所以……」葉健良欲言

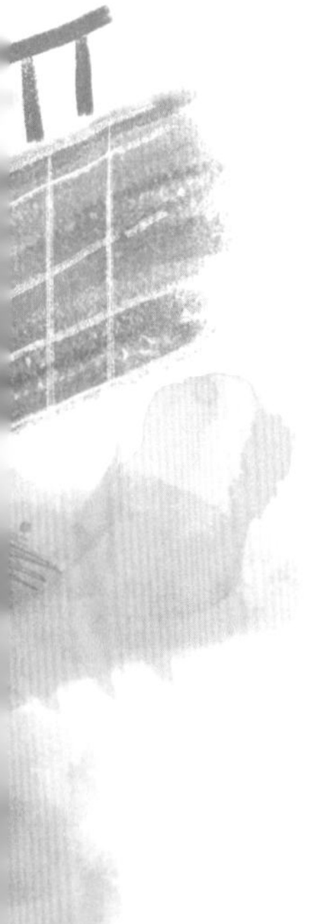

又止。

「所以要請你加入幫助施明仁的行列。」我造句似的接話。

我告訴葉健良，如果他願意幫這個忙，讓施明仁參加大隊接力，我會很感謝他，施明仁更會感謝他。而且他是體育股長，跑得又快，要拜託他帶著同學練跑，比賽時才能拉開和別班的距離。如果施明仁跑贏了，葉健良是英雄，輸了，他還是英雄，因為他出

了很多力。

聽了我的話，葉健良開始沉思，一會兒，他猛然轉過頭，說：「好，張純娟，就照你說的做。」

聽葉健良這麼說，我忍不住咧開嘴，說：「真的？太好了！還有……陳慶家能不能……」

「他？不用啦！我怎麼做，他就會怎麼做。」

葉健良一副大哥的樣子。

啊！葉健良同意了，真是值得歡呼！

11 加強練習

我把葉健良同意的事告訴老師，又向她借了一些時間，利用施明仁不在時，謝謝大家的配合、幫忙，並拜託同學們所有活動都在私下進行，不要讓施明仁知道，以免他再次受傷，或是怕對不起同學，而不願意上場跑。

施明仁跑大隊接力的事，變成全班同學的事了，大家都樂意一起合作，共同努力，協助施明仁完成心願，不要讓他在小學的最後一次運動會留下遺憾。

葉健良真的說話算話，他不但把那個跟著他的陳慶家「擺平」了，每到下課時間，他就召集同學到跑道上練接力。大家的目標是：加強訓練，比賽時，前面十九個同學賣力跑，儘量拉開距離；只要拉的距離夠大，

施明仁跑最後一棒，說不定還有贏的機會。

又是一個天氣晴朗的早晨，我獨自走在往學校的路上。說到晴朗，就想到熱；說到熱，就想到大隊接力。

為了讓施明仁能上場比賽，只要有空，同學們就很賣力的練跑。在大太陽底下，跑一跑，就熱得滿身大汗，所以教室裡總是熱氣蒸騰，還瀰漫著一股汗酸味。科任老師來上課，不是皺著眉頭問「這是什麼味道？」，就是這邊聞聞、那邊嗅嗅說「誰沒洗澡？誰沒換衣服？」，讓同學們大笑不已。

往學校途中，看到洪雅庭走在前面，我加快腳步追了上去，打了招呼，一起走向學校。

「張純娟，看你這麼熱心的想幫施明仁，我好佩服你喔！」洪雅庭說。

「沒什麼啦！我只覺得『好像』應該幫幫他而已。」我不當一回事的說。

「對了，我一直想問你，你是怎麼說服葉健良的？」洪雅庭問。

我笑笑說：「就……抓住他的弱點，對他展開柔情攻勢呀！」

洪雅庭一聽，驚訝的說：「柔情攻勢？難道你對他……」

「喂！你別想歪了！」見洪雅庭誤解了，我立刻阻止她，並解釋：「我說的柔情攻勢，指的是說軟話，說中他的痛處，要他設身處地的想。」

「葉健良有什麼痛處？」洪雅庭又問。

我把葉健良國語考八十九分那件事，以及我怎樣要葉健良設身處地的過程，說給洪雅庭聽。她聽了之後，佩服的豎起大拇指，誇我很細心，連這種小事都記得，聽得我好得意……

下課鐘響完，葉健良又這個喊、那個叫的召集同學去練跑。他很認真的教同學交棒、接棒，同學們也一組組、一次次的練著。陽光很強，晒在身上已經很熱了，還要在大太陽下跑步，每個人都滿頭大汗。

「洪雅庭，你起跑再慢一點啦！你個子高、步伐大，太早起跑，交棒的人哪追得到你呀！」葉健良高聲說。

洪雅庭被念後，臉一繃，氣呼呼的回嗆：「葉健良，你別太過分喔！你光叫別人跑，自己為什麼不跑？」

看洪雅庭一臉凶巴巴的樣子，葉健良笑笑說：「我現在是教練啊！你知道教練的工作是什麼嗎？」

「教練的工作是什麼？」洪雅庭問。

葉健良嘻皮笑臉的說：「教練教練，就是叫別人練，自己當然不用練。」

葉健良說完，同學們忍不住哈哈大笑。原本繃著臉的洪雅庭，很想繼續繃著臉，她一直忍，一直忍，最後忍不住了，也跟著笑出來，還「臭教練！死教練！爛教練！」的搥葉健良的背。同學們看了，又是一陣大笑。

回到教室，蒸騰的熱氣又出來了。

「誰把電扇開一下嘛！」光聽聲音就知道是葉健良，他真是江山易改，本性難移啊！

「你不會自己過去開呀！」有人嗆聲，但葉健良不為所動。

「施明仁，你幫忙開一下電扇。」葉健良半指揮，半命令。

施明仁「聽話」的站起來，伸手按了開關，扇葉動了起來，一陣涼意開始在教室裡流竄。

看著施明仁開電扇，這次我比較沒有那麼「同情」他了，因為同學們的熱，都是為了他，他盡一點舉手之勞，也是應該的呀！

社會老師來了，他跨進教室兩步，就停住腳，皺著眉頭問：「這是什麼味道？酸酸臭臭的。」然後再這邊聞聞、那邊嗅嗅說：「是誰沒洗澡？都是汗酸味。」

「老師，不是沒洗澡，是我們練大隊接力，流汗

的味道啦！」有同學說。

社會老師聽了，嘆一口氣，若有深意的說：「現在的學生真奇怪，不過是一個小小的校慶運動會，卻願意花那麼多時間在練習上。運動會每年都有，累積下來，要花掉多少時間？」

是啊！社會老師說的沒錯，準備運動會真的很花時間，可是要看花得有沒有意義、有沒有價值啊！像我們，就是把時間花在一件有意義、有價值的事情上！

「打開課本，不要因為運動會而耽誤上課！」

聽到社會老師的話，我翻開課本……

12 衝突事件

這天早上進到教室後，我發現黑板旁的「值日生」下方寫著我的座號，原來又輪到我當值日生了，感覺好快呀！

當值日生最大的特權，就是不用在大太陽底下參加升旗典禮，留在教室做事，比晒太陽舒服多了，尤其遇到校長、主任和導護老師搶著上台說話時，才會驚覺當值日生是多麼幸福的事！

同學們離開教室後，我和另一個值日生開始拖地，施明仁也拿拖把幫忙拖——別的同學當值日生時，施明仁有沒有幫忙拖，我不知道，但我當值日生時，他一定會幫忙。

雖然只是拖地，卻也流了一身汗。拖完地，我把拖把洗好、放好，靠在欄杆旁吹風、納涼。施明仁走了過來，擠眉、弄眼、癟嘴的說：「張純娟，問你一件事，最近同學們為什麼練跑練得那麼勤快？」

為什麼練得那麼勤快！不就是為了你嗎？我心裡這麼想，嘴巴卻說：「運動會快到了呀！所以要練習。」

「我知道運動會快到了，可是去年運動會前，大家並沒有這樣練啊！」施明仁疑惑的問。

我笑笑說：「因為去年我們班得第一名，隔壁班放話，說今年要贏我們班，同學們怕輸給他們，大家才加強練習。」

「喔！原來是這樣啊！」施明仁信以為真。

這時，雜沓的腳步聲從樓梯間傳來，同學們回來了，我和施明仁各自回座位。忽然，身旁起了一陣涼意，電風扇已經轉動了，轉頭

看，是施明仁，他不等葉健良叫他，就先主動開了。

同學進教室後，「誰把電扇開一下」傳來，接著，「都已經開了，你還叫什麼」響起。葉健良抬頭一看，恍然大悟的說：「喔！原來電扇開了，怪不得覺得涼涼的。」

葉健良那逗趣的樣子，真令人感到又好氣，又好笑！

下課時，同學們又到跑道上練接力，想不到隔壁三班也出來練。

三班是去年的第二名，前半段和我們班互有領先，但中途一棒掉棒後，就輸給我們班。賽後，他們班不服氣，說若不是掉棒，他們不會輸，還揚言今年要跑贏我們班。我想，他們大概是看到我們班在練，所以也跟著出來練吧！本來是我們班練我們班的，三班練三班的，練著練著，因為搶跑道的關係，兩個班的選手有了身體的碰撞，我們班的同學跌倒了，葉健良是現場的負責人，因此挺身出去問狀況。

可能是葉健良說話的口氣太衝了，引起三班的不愉快，他們班的體育股長劉宏昌也站出來，和葉健良面對面互槓起來。起初是小聲的槓，後來越槓越大聲，最後兩個人幾乎是鼻子頂鼻子，胸膛碰胸膛，一副要打起來的樣子。

這時，學務主任正好經過，看到葉健良和劉宏昌劍拔弩張的模樣，先叫雙方解散回教室，再把葉健良和劉宏昌帶去學務處。

「都是三班不好，沒事幹麼學我們練？」

「葉健良被帶去學務處，不知道會不會被處罰？」

「哎！剛才如果我們拉住他，不就沒事了嗎？」

……

回教室途中，同學們你一句、我一句的談論著。

上課後不久，葉健良出現在教室門口，仔細看，後面還有學務主任、劉宏昌和三班的老師。主任把老師請到走廊上，三個大人就比手畫腳起來。比什麼，畫什麼，只有站在旁邊的葉健良和劉宏昌知道。

不久，劉宏昌回去了，葉健良也進來了，走廊上剩下三個大人繼續比手畫腳。

踏進教室，葉健良發現同學們都在看他，他微微笑一笑，右手先比了個「ＯＫ」的手勢，然後回他的座位坐下。知道他沒事，同學們低聲吱吱喳喳起來。

一會兒，老師進來了，她站上講台就說：「認真練習是好事，可是沒必要練到起衝突呀！幸好被主任看到，不然打起來會怎麼樣？」

雖然老師指的是葉健良，不過她說話的時候，同學們都低下頭。

老師停了一下，接著說：「為了讓大家冷靜一下，今天就先別出去練了。」

老師說完，一陣細小的吱吱喳喳聲響起。老師沒理會，繼續說：「葉健良，尤其是你，為了不讓你和隔壁的劉宏昌碰面，再起衝突，今天的下課，除了上廁所、洗手、到專科教室上課外，你都留在教室裡。」

聽老師說完，同學們又是一陣吱吱喳喳，感覺在為葉健良抱不平，但卻沒有人大聲講出來。至於葉健良，則是整個人癱坐在椅子上，很無力的樣子。

我轉頭看看葉健良，突然覺得他……覺得他……哎！怎麼說呢？很……很無幸吧！

13 趁機而入

由於葉健良和三班的劉宏昌發生衝突，我們被老師禁跑一天，有些同學覺得很惋惜，有些同學卻覺得很好，尤其是女生，有一個超愛漂亮的女生老是嚷著：「最近練大隊接力，常常晒太陽，晒得我都變黑了，好像非洲來的。」

聽她這樣說，我覺得很好笑。晒太陽可以增加抵抗力，減少鈣質流失，有什麼不好？還有，那個女生的皮膚本來就比較黑，卻推到太陽身上。哎！太陽未免也太倒楣了！

隔天，我們又恢復了練習。來到跑道上，正要開始練的時候，三班在劉宏昌的帶領下，也出現在跑道上。

所謂「仇人相見，分外眼紅」，葉健良帶頭向三班瞪過去，劉宏昌也領著三

班瞟過來。不過，雙方只有瞪瞪、瞟瞟而已，瞪完、瞟過之後，各自井水不犯河水的展開練習。

「洪雅庭，我說過多少次了，你的起跑要慢一點，他追不上你啦！」葉健良高聲叫著。

「對呀！你說那麼多次了，累不累、煩不煩啊？」洪雅庭嘟著嘴回嗆。

葉健良拿洪雅庭沒辦法，低聲下氣的說：「好好好！算我求你、拜託你，你起跑慢一點好不好？」

「對嘛！這樣還差不多。」洪雅庭滿意的一邊說，一邊走向接棒區，進行再一次的練習。

同學們輪流練習，趁著還沒輪到我，我轉頭偷看三班的練習情形。遠遠看過去，我看到的不是三班的人，而是施明仁，他站在跑道旁的一棵樹下，遠遠的看過來。我猜，他應該是在看我們班練習吧！

班上有二十三個人，二十個出來練跑，教室裡剩三個人。有氣喘病的女生超級文靜，不太愛和同學講話，噸位最大的男生和施明仁很少有互動，施明仁一定覺得很無聊，或是也想有參與感，才會不聲不響的下來看同學練跑。

下午上綜合活動課時，全學年的班級都集合在操場上練運動會的進場和退場，練了一次後，我忽然覺得「不舒服」，得到老師的允許，到樹下休息，所以我又坐到施明仁旁邊。

「張純娟，你怎麼跑出來了？」施明仁問。

「我……不舒服。」我不知道該怎麼解釋的說。

施明仁看看我，說：「你

不像不舒服嘛！」

「你又不是醫生，哪看得出我舒不舒服？」我不太客氣的回。

施明仁不再出聲，兩眼看向操場。操場上，同學們「一、二」「一、二」的跑步進場。施明仁看得很入神，兩隻腳掌也「一、二」「一、二」的跟著踏，好像也在跑似的。

「早上同學們練接力時，我發現……你在旁邊看。」我說。

「那是因為……我下樓辦事情，看到大家練跑，所以……」施明仁欲言又止。

辦事！施明仁有什麼事可辦？「真的嗎？」我追問。

「其實是因為……」施明仁吞吞吐吐。

「說呀！因為什麼？」我敲著邊鼓。

「其實是……是……」施明仁支支吾吾的說：「我想看……看同學練跑的情形，感染一下……運動會的氣氛。」

看！我猜的雖然不是百分之百正確，卻也相去不遠了，施明仁就是想要有參與感！

「那你也可以下來練跑啊！」我說。

「我又不是選手，怎麼練？」施明仁說。

我告訴施明仁，雖然他不是選手，但可以利用早上到校後那段時間練，那時候跑道上人少，他不用擔心妨礙別人，也不用擔心被人撞到，可以安心的跑。我還說，如果他不敢跑，我可以找同學陪他跑，這樣，他就可以體驗運動會的氣氛了。

施明仁似乎有點心動，問：

「這樣做……好嗎？可以嗎？」

「為什麼不好？為什麼不

可以？不然，明天早上我們來試試看。」我鼓勵著。

聽完我的話，施明仁微微笑一笑，答應了。

其實，這是我的計謀之一。

施明仁很少運動，如果到時他真的上場跑，要跑半圈操場，半圈是一百公尺，不知道他腿力夠不夠？不知道他跑不跑得完？正好他在尋求運動會的參與感，所以我趁機而入，慫恿他練跑、練腿力。想不到他這麼輕易就「上鉤」了。

施明仁願意練跑了，我要找誰和我一起陪他跑呢？想來想去，只有我最信任的洪雅庭了。

聽到我找她陪施明仁練跑，洪雅庭先是驚訝一番，答應之後，說：「到時候可能會引起大轟動，吸引很多人來看。」

「為什麼？」我問。

洪雅庭說：「平常施明仁走路的姿勢已經很怪了，跑起來一定更怪。別人看到他的怪姿勢，不會圍過來嗎？」

「對啊！說的也是！」我猛然想起。

「到時候真的有人圍過來怎麼辦？」洪雅庭問。

「我們就在旁邊給施明仁心理建設，叫他不要在乎別人的眼光呀！」我說。

「好，就這麼辦！」說完，洪雅庭和我擊了個掌，一起喊了聲「加油」。

14 練跑

早上，我前腳剛踏進教室，洪雅庭後腳就跟著進來，因為今天我們有件「大事」要做。

看看施明仁的座位，還是空著的。施明仁的座位空著，是有原因的，他每天早上都由媽媽開車送他來，為了避開人潮和車潮，他的媽媽都會故意晚點來，才不至於影響他人。

有時候我會想：施明仁行動不方便，應該是大家要給他方便才對，反倒是他的媽媽為了不要造成別人的不方便，反而給了自己更大的不方便！

不久，施明仁來了，等他放了書包，安頓好後，我和洪雅庭走到他身邊，「施明仁，走吧！」我說。

施明仁抬頭看我，莫名其妙的問：「走？要走去哪裡？」

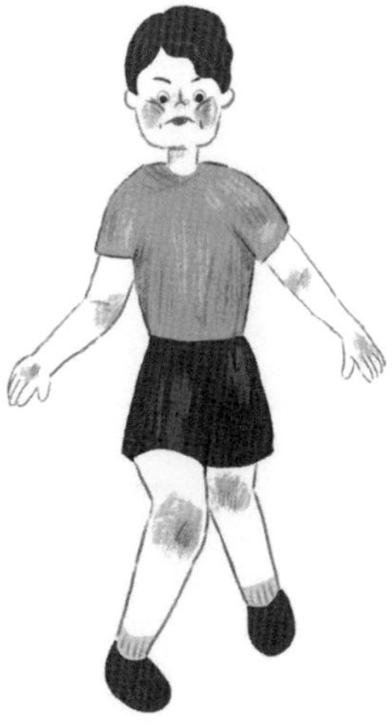

「昨天我們不是說好了？今天要去操場練跑呀！」我答。

「是……是……」施明仁有點為難的說：「今天……一定要跑嗎？」

「對呀！昨天說好的。」我說。

施明仁的屁股像塗了強力膠似的，依然坐在椅子上，絲毫沒有站起來的意思。

我「走啦！走啦！」的把他拉起來，和洪雅庭一人一邊，幾乎是用「架」的方式，把施明仁架出教室，架到一樓，來到跑道上。跑道上人很多，有穿越操場去教室的、結伴玩球的，還有練運動會比賽項目的，十分熱鬧。

施明仁指指操場說：「人這麼多，怎麼跑？」

「挑人少的地方跑嘛！」我說。

「對呀！來都來了，當然要跑一跑。」洪雅庭幫著答腔。

被我和洪雅庭左一句、右一句的，施明仁沒辦法了，只好同意跑跑看。我和洪雅庭一人一邊，把施明仁夾在中間跑，一來，萬一他重心不穩要跌倒了，我們可以很快扶住他；二來，我們可以當屏障，擋住一些好事者的視線。

施明仁的腳有點「X」型，走路時會左搖右擺，本來就很奇怪、很好笑。一跑起來，左搖右擺得更厲害了，若不是因為我是他的同學，知道他患有腦性麻痺，應該也會忍不住笑他。

因為有我和洪雅庭當屏障，施明仁跑得很順利，雖然是左搖右擺的跑，卻也跑了一圈。

看看施明仁，他氣喘吁吁的，眼睛、鼻子和嘴巴都快擠在一起了。

「施明仁，你還好吧？」我問。

「還……還好，我……很喘，腳……很痠。」施明仁上氣不接下氣的說。

「那就休息吧！明天再來跑。」洪雅庭說。

「好……好……」施明仁依然喘得很厲害。

事後，我問施明仁，這樣跑有沒有感染到運動會的氣氛。他說有，但只有一點點。

只有一點點？沒關係，我會讓他感染得更多！

隔天早上，我和洪雅庭又把施明仁「架」到跑道上，像左右護法似的一左一右陪著他跑。

本來是慢慢的、順利的跑著，忽然一聲「媽，你看那個人，他跑步的姿勢好好笑喔。」傳來。我轉頭看，是一個低年級的小朋友。他的媽媽聽了，立刻「阿弟，不可以這樣說人家，沒禮貌！」的阻止。

可是來不及了，夾在我和洪雅庭之間的施明仁像要閃避什麼似的，突然加快腳步往前跑，他越想跑快，左搖右擺得就更厲害。

「媽，你看，他又跑了，好好笑喔！」

「阿弟，不可以笑人家，你怎麼這麼講不聽？」

就在這一瞬間，施明仁的腳跟不上身體，他整個人向前傾，眼看就要跌倒了。我和洪雅庭立刻衝上去，可惜慢了幾步，我和洪雅庭還沒衝到施明仁身邊，他就像打棒球撲壘那樣，撲倒在跑道上。

衝到施明仁身邊後，我和洪雅庭慢慢把他扶坐起來，一邊查看，一邊問：「施明仁，你有沒有怎麼樣？」

這時，後面傳來那個媽媽責備的聲音：「你看！你害人家跌倒了，以後不可以這樣！」

不過，那個媽媽只有責備孩子而已，沒有帶孩子過來道歉，母子倆就快步走向教室。

施明仁一邊撫摸下巴，一邊說：「我……我還是會……在乎別人的眼光。」

「那個是低年級的小朋友，你幹麼在乎？」我說。

「對呀！低年級不懂事，你何必跟他計較？」洪雅庭一旁幫腔。

「我還是……不要跑了，我們……回教室吧！」施明仁說完，沒等我和洪雅庭有什麼反應，就左搖右擺的獨自往教室的方向走。

我和洪雅庭面面相覷，不知道該怎麼辦，只好跟在施明仁後面。

上樓前，我和洪雅庭又「架」住施明仁，把他架到健康中心，請護士阿姨幫他擦藥，因為他的下巴摔破了皮，有點兒滲血。

都是那個低年級小朋友不好，因為他的胡言亂語，讓施明仁心裡受了傷，不想再跑。他現在不跑，萬一運動會那天也不跑，我的計謀不就失敗了？同學們的心血不就白費了？

哎！真是傷腦筋！

15 孤獨的人

這天早上，才剛踏進校門，就感覺到一股有別以往的氣氛。操場上，人變多了；校園裡，到處都是嘰哩呱啦的說話聲，好像特別有生氣的樣子。

沒錯，今天是校慶運動會預演的日子，雖然預演不是真正的運會，卻是運動會的縮小版，而且有半天的時間不用上課，校內隨便找個同學問，如果有人說不喜歡，那他一定是頭腦不正常！

進到教室，這裡一堆聊天，那裡一群講話，簡直就像個小型菜市場！

施明仁來了，他把書包放好，屁股一坐，低頭看著桌上一本書，沒有和人聊天，也沒有加入說話的行列，運動會預演對他來說，就像……就像鄰近國家發生地震一樣。

老師來了，她先把秩序整頓好，交代一些注意事項後，叫同學把自己的椅子搬到我們班的休息區。

同學們搬椅子時，施明仁也跟著抬起椅子。

老師看了，叫：「施明仁，你把椅子放下，人先下去，椅子等一下我請同學幫你搬。」

施明仁聽了，把椅子放下，抓起剛才看的那本書，左搖右擺的跟著大家下樓，來到休息區。

「四、五、六年級的同學請到操場排隊，準備預演開幕式。」學務主任的聲音從擴音器傳出來，同學們陸續站起身子，往操場中移動。

我一邊走，一邊回頭看，老師正和施明仁交談著。我就定位後，再次回頭看，老師朝隊伍這裡走來，施明仁坐了下去。我猜，老師大概在問施明仁要不要出來參加開幕式吧。

開幕式結束，接著做健康操——大會操。去年練健康操時，施明仁也有上場，因為他動作不協調，跟不上大家，也配合不上音樂節拍，練了幾次後，他就跟老師說不上場了。

趁著做轉體運動時，我往休息區看過去，只見施明仁一個人坐在那裡，低頭看著他帶出來的那本書。

根據過去的經驗，運動會開幕式時，是家長最多的時候。如果今天是正式運動會，施明

仁的爸媽都來了，看到同學在操場上做健康操，只有施明仁一個人坐在休息區，會有什麼樣的感受？

做完健康操，四、五、六年級的同學退回休息區後，所有比賽項目和表演項目都按照運動會當天的順序登場排演。個人賽跑，施明仁坐在休息區；團體競賽，施明仁也坐在休息區，拔河、大隊接力的進退場演練，施明仁還是一個人孤孤單單的坐在休息區，感覺起來，運動會跟他一點關係也沒有！

我忽然明白去年運動會，施明仁為什麼請假不參加了。既然他去年不參加，今年是不是也一樣呢？如果他今年也請假不來學校，同學們安排

他跑最後一棒的戲碼，不就演不成了？

預演結束，同學們又把椅子搬回教室。

因為人很多，樓梯很擠，老師怕施明仁被擠出意外，叫他緩一會，等同學上得差不多了再回教室。看樓梯口人山人海，我也不想擠，就陪施明仁在休息區等。

「施明仁，剛才預演的時候，你一定覺得很無聊，對不對？」我找話題和施明仁聊。

施明仁轉頭看我，說：「還……還好啊！我有帶書出來看，已經看完了。」

「看完了？這麼快就看完一本書！」我很驚訝。

施明仁笑一笑，說：「對呀！反正……沒事，

也沒人吵。」

「問你一個問題。」我另找話題：「這次是最後一次運動會，那天……你會來嗎？」

施明仁看看操場，想了想，說：「不知道耶！也許會，也許……不會！」

也許會，也許不會！本來就只有這兩個選法，施明仁不是說廢話嗎？

「如果……班上同學要你來，你會不來嗎？」我試探的問。

這次，施明仁笑開嘴的說：「拜

託！你在開我玩笑嗎？運動會我根本派不上用場，同學要我來做什麼？」

要你來做什麼？要你來跑大隊接力的最後一棒呀！我心裡這麼想，嘴巴卻說：「這是國小最後一次運動會，不來多可惜……」

我還沒說完，老師派同學來幫施明仁搬椅子了。看到施明仁跟在幫他搬椅子的同學後面走了，我也搬起自己的椅子，跟著往教室走。

聽施明仁剛才說話的口氣，運動會那天，他有可能又請假不來。如果他真的不來，最後一棒就沒人跑……不，跑不成了，所以我一定要想辦法叫施明仁來參加運動會！可是……有什麼辦法呢？

忽然，「碰」的一聲響起，我的椅子一陣震動後，掉在地上。定眼一看，另一個人的椅子也掉在地上。不知道是我撞到他，還是他撞到我，兩個人都不好意思的一邊彎腰撿椅子，一邊「對不起」「對不起」的互相道歉！

16 老師出馬

為了讓施明仁如期參加運動會，我絞盡腦汁的左思右想，發現只有一個人有這個能力，就是老師，所以要請老師出馬。

因為最近練運動會的表演節目和比賽項目花了很多時間，上課時，老師忙著趕課，不方便打斷她，而且施明仁也在教室裡，更不適合公開提出來。下課了，老師既要忙著批改作業，又要應付問問題的同學，我根本沒機會接近她，只能眼睜睜的盯著她的一舉一動找機會。

又是一節下課，我又注視著老師。她洗了手、擦乾，提起包包走出教室。我拉了洪雅庭作伴，匆匆忙忙跟在老師後面，跟到一樓，看旁邊沒有班上同學了，我把老師叫住——這畫面好熟悉呀！好像什麼時候也發生過。

「又是你們兩個！這次又有什麼事？」老師看著我和洪雅庭。

我把昨天運動會預演後，在休息區和施明仁的對話告訴老師，再請老師幫忙。

「要我幫什麼？」老師問。

「因為你是老師，同學都很怕你，施明仁也是……」

我還沒說完，老師就打斷我：「同學怕我？我還怕你們呢！」

聽老師這麼說，我有點尷尬的說：「所以……我想拜託老師『規定』施明仁一定要參加運動會。」

老師看看我，笑笑說：「參不參加運動會，是同學的自由。我雖然是老師，也只能鼓勵施明仁參加，不能用規定的。」

「鼓勵？那他還是有可能不參加呀！」我皺皺眉頭說。

「那就這樣子嘛！」洪雅庭忽然開口：「麻煩老師打電話給施明仁媽媽，說全班同學都希望施明仁來參加運動會，請他爸媽一定要叫他來。」

請老師打電話給施明仁媽媽？對呀，這也是一個好方法！洪雅庭什麼時候變得這麼冰雪聰明了？我轉過頭，佩服的看著她。

「還可以這樣……」洪雅庭接著說：「老師，你乾脆把同學們安排施明仁跑大隊接力最後一棒的事告訴他媽媽，請她一定要叫施明仁來。」

「那施明仁不就知道這件事了，萬一他更不肯來怎麼辦？」我著急的插嘴。

「請施明仁的媽媽不要講出來就好了嘛！」洪雅庭說。

老師聽完，點點頭說：「好，我就打電話給施明仁的媽媽吧！」

「老師，記得要交代他媽媽別讓施明仁知道喔！」我提醒老師。

老師「嗯」了一聲後，像講給

我和洪雅庭聽，又像自言自語的說：「哎！時代真是變了，竟然是學生指揮老師做事！」

我和洪雅庭聽了，忍不住相視笑起來。

回教室途中，我一直誇洪雅庭，說她聰明、反應快。洪雅庭被我誇得笑開了懷，說她只是臨時想到的。

臨時想到的！那也要想得到才行呀！像我，就只想到請老師「規定」施明仁而已，可見我拉洪雅庭一起來，是十分正確的！

後來，老師偷偷告訴我，她已經打電話給施明仁的媽媽了，他媽媽說「會想盡辦法」叫他參加運動會。

啊！只有想盡辦法！那還是有不來的可能呀！

運動會這天早上，我一踏進教室，先注意的，就是施明仁的座位。不用想也知道，是空著的。

平常上課的日子，他就比較晚來，今天的運動會跟他比較沒什麼關係，當然更不可能早到。

老師來了，叫同學們把椅子搬到休息區，施明仁還是沒出現。洪雅庭悄悄問：「張純娟，施明仁還沒到耶！他會不會真的不來了？」

「我……我也不知道。」我答。

「唉！想不到請老師打電話給他媽媽也沒用！」洪雅庭洩氣的說。

葉健良忽然靠近我，說：「張純娟，還沒看到施明仁耶！」

「我……我知道他還沒來呀！」我邊答，邊回頭看教室。

葉健良接著說：「他該不會像去年那樣又請假了吧！他如果請假，同學們的心血就白費了。」

白費？還好吧！經過這段時間的加強練習，同學們跑步的實力更強了，奪冠的機會也更大了，不是嗎？所以白費的是「心意」，心血並沒有白費啊！

同學們放好椅子，就定位後，歡天喜地的等著開幕式到來。

這時，遠遠的，施明仁出現了，正左搖右擺的向休息區這裡走來，他的媽媽搬著椅子跟在他旁邊。像運動會預演那天一樣，施明仁手中拿著一本書，看來他已經為今天的無聊做好打發時間的準備了。

進到休息區，施明仁的媽媽把椅子放好，他一屁股坐下去，二話不說的翻開書，低頭看了起來。

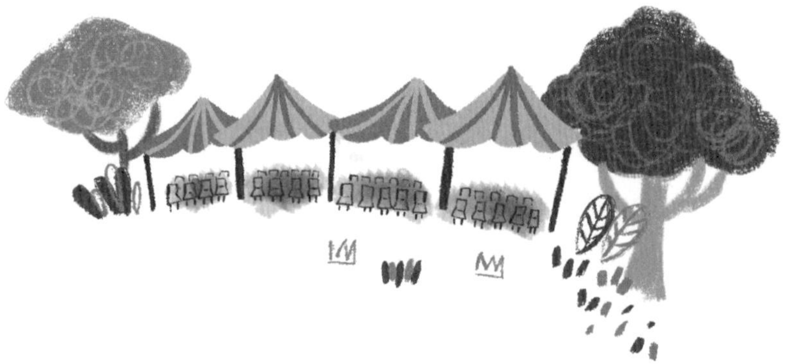

「四、五、六年級的同學請到操場中央排隊，準備進行開幕式。」學務主任的聲音從擴音器傳出來，同學們紛紛起身向操場移動。

我一邊走，一邊回頭看，施明仁一個人坐在休息區低頭看書，他的媽媽站在他旁邊……

17 最後一棒

開幕式結束，做完健康操，四、五、六年級退回休息區後，運動會展開序幕，表演節目與競賽項目也逐一進行。

六年級個人一百公尺賽跑上場，同學們到起跑點準備時，施明仁坐在休息區裡，自顧自的看著書，周圍沒有人，他好像沒發現似的……

我雖然個子不高，步伐不大，但是動作靈活，經由我的咬牙切齒、奮力向前衝，結果跑了第二名。雖然不是第一名，但能在最後一次運動會得一面獎牌，算是很可貴的了。

班上噸位最大的那個男生也參加了這個項目，他說，雖然他跑得慢，不可能

得名，也要在國小最後一次運動會創下一個紀錄——跑得最慢的紀錄。

雖然他說要創跑最慢的紀錄，但槍聲響後，他卻跑得很賣力。每跑一步，臉部和身上的肉就像波浪似的上下波動一次。跑道旁響起了加油聲，也出現了嘲笑聲，他依然絲毫不在意的跑。在一波一波的「肉浪」中，最後以落後極大的差距跑進終點。

看到噸位最大的那個男生不屈不撓的

精神，我不禁對他肅然起敬！

忽然，我腦海裡浮現出上次我撞到他，被他彈得跌坐在地上的畫面……

回休息區時，我和洪雅庭走在一起。

「張純娟，你剛才有看到那個胖哥賽跑嗎？」洪雅庭問。

「有啊！怎麼了？」我反問。

洪雅庭說：「他跑那麼慢都敢跑了，施明仁也應該去跑。」

「他有跑過呀！」我說：「施明仁告訴過我，二年級時他跑過一次，可是被人家笑他是怪物，他覺得很受傷、很難堪，所以後來都不跑了。」

「胖哥也被人家笑啊！他還不是跑了。」洪雅

庭說。

「胖哥比較樂觀嘛！而且……他身上肉多，保護層也厚，比較不容易受傷。」

聽我這麼說，洪雅庭猛的笑出來，一直說我嘴巴沒口德、講話很刻薄。

節目一項一項的進行著，每當我們班有比賽出場，休息區裡就剩施明仁一個人。他一直低著頭看書，別說是站起來為同學加油、打氣了，他幾乎連頭都沒有抬一下。

團體競賽比的是「二人三腳」，本來我們班遙遙領先，輪到陳慶家那組時，因為他跑得太急了，和搭檔腳步沒配合好，中途竟然跌倒了。而且跌得不輕，他在地上趴了一會兒才爬起來。起來時，右腳膝蓋流了血，還被第二名的班級追過，最後我們班得了第二名。

下午，拔河比賽上場了，由我們班和三班爭冠軍。說到拔河，最得意的就是班上那個噸位最大的男生，他說，他是一個諸葛亮，打敗三個臭皮匠，因為他一個人就可以抵過三班三個人的體重。

果然沒錯，有了噸位最大的男生當後盾，我們班輕而易舉的就以二比零打敗三班，得到冠軍。三班有些人不服氣，直嚷不公平，說我們班應該減少兩個人。

「大會報告，各年級大隊接力的選手請準備。」

聽到擴音器的廣播，我立刻找葉健良和洪雅庭開會，因為之前我們只有討論安排讓施明仁跑最後一棒，並沒有討論由哪個人讓出位置。

「這樣吧！我讓出好了，我的起跑太快，怕害到大家。」洪雅庭說。

「你？不行啦！」葉健良說：「你是女生，施明仁是男生，他怎麼可以跑你的位置？」

停了一下，葉健良又說：「那……還是我的位置讓施明仁跑好了。」

「你？不行啦！你跑得快，要靠你幫忙拉距離呢！」我說。

這時，老是跟在葉健良後面的陳慶家說話了：「我讓出啦！」

葉健良、洪雅庭和我不約而同的看向陳慶家。

陳慶家說：「我的膝蓋流血了，正好有不能跑的理由。」

陳慶家說完，大家都同意，立刻去找施明仁。

聽到要他跑接力賽，施明仁問理由。陳慶家說他的腳受傷不能跑，還露出膝蓋給施明仁看。

施明仁提議讓噸位最大的男生跑，葉健良說他跑得慢，而且剛拔完河，沒體力了。施明仁說叫有氣喘的那個女生跑，我說萬一她氣喘發作怎麼辦？

施明仁一直沒答應，大家也很有默契，你一句、我一句的試圖說服施明仁。

我告訴施明仁，如果他不跑，我們班就要被迫棄權；如果他願意跑，前面十九個人會努力拉開距離，他跑最後一棒，也許還有贏的機會。就算跑輸了，相信同學也不會怎麼樣，因為有出賽比棄權強多了。

我一說完，大家又是一陣「好啦」「拜託嘛」「你就跑嘛」的勸說。

施明仁看看我，看看陳慶家，看看洪雅庭，再看看葉健良，低頭猶豫起來。四個人再來一陣「上啦」「跑啦」「你想讓我們班棄權嗎」，施明仁沒辦法了，只好點點頭，答應上場跑最後一棒……

18 意外

三、四、五年級的大隊接力比完後，擴音器傳出「大會報告，接下來進行的是六年級大隊接力，請各班選手準備出場。」的聲音，在老師的帶領下，我們班的接力選手來到出場區等候。

看到施明仁也在隊伍中，周圍響起了吱吱喳喳的討論聲，尤其是隔壁三班，更是你一句、我一句的議論著：

「喂！你們看，施明仁

竟然也在二班的隊伍中耶！」

「啊！難道他也要跑大隊接力？」

「他能跑嗎？二班怎麼會派他出來？」

……………

不管是三班的議論紛紛，還是其他班的吱吱喳喳，聽得出來，他們都對施明仁要跑大隊接力感到不可思議。

「六年級大隊接力請出場！」的聲音從擴音器傳出來，我們出場了，男女分成兩路進到接力等待區。

這時，我的心開始跳起來，跳得好快好快，像要從嘴巴跳出來似的。

排在我前面的洪雅庭轉身問：「張純娟，你很緊張嗎？」

「嗯！是……是呀！你怎麼……知道？」我反問。

洪雅庭指著她的臉說：「你的臉色不太對呀！」

洪雅庭什麼時候變得這麼厲害了？竟然可以從我的臉色看出我的緊張！

「難道你不緊張嗎？」換我問洪雅庭。

「我？有啊！不過……只有一點點而已。」洪雅庭笑笑說。

忽然，「砰」的一聲，嚇得我回過神，原來比賽開始了，我趕快把精神集中在操場中，把目光注視到跑道上。

我們班跑第一棒的女生正快馬加鞭的往前跑。第一棒要分跑道跑，所以一時看不出誰領先、誰落後。可以明確看出的是，她漸漸拉近了與前面選手的距離，也慢慢拉開了與後面選手的距離。半圈操場跑完後，她很順利的把接力棒交給跑第一棒的男生。

第一棒的男生擺動雙臂，大步向前，跑過彎道搶跑道時，已經領先第二名一段距離了。

這時，整個操場開始沸騰起來，場中的選手，場外的觀眾和啦啦隊，聲嘶力竭的加油聲震天價響。

我也拉開喉嚨跟著喊，喊到緊張的感覺都不見了。

比賽持續進行著。班上同學真的很賣力，每個接到棒子後，都是咬牙切齒，奮力向前，大家的目標都一樣：希望奪得冠軍，更希望能讓施明仁無後顧之憂的跑最後一棒。

輪到我跑了，站上接力區，我又緊張了，心臟又像要從嘴巴跳出來了。我努力的壓抑住緊張的情緒，從交棒的男生手中接過棒子，然後沒命似的往前跑，跑呀跑，跑呀跑，順利的把接力棒交給下一棒男生。

走出跑道時，我忽然一個腳軟，整個人竟然跌坐在地上！

接力棒交到最後一棒女生手中了，她是班上跑得最快的女生，只見她擺動雙臂，步伐穩健的向前跑，毫無懸念的把棒子交給男生最後一棒——施明仁，這時，我們領先第二名大約五、六十公尺。

施明仁起跑後，場邊先是響起一陣「喔」的驚呼聲，擴音器傳出「加油！六年二班施明仁加油！」後，場邊的驚呼聲頓時變成響徹雲霄的加油聲。

施明仁本來就有「擠眉弄眼」的習慣，一跑起來，因為用力的關係，更「擠眉弄眼」了，左搖右擺也搖擺得更厲害、更明顯了。

看到施明仁奮力的樣子，同學們紛紛衝到跑道旁，一面陪施明仁跑，一面你一句、我一句的大喊：

「施明仁，不要緊張，一步一步穩穩的跑！」

「第二名離你還很遠，放心，他追不到你！」

「加油！施明仁，我們班都靠你了！」

……

聽到同學們的加油，施明仁更擠眉弄眼、更左搖右擺了。跑著跑著，他的上半身忽然往前傾，說時遲，那時快，同學們還來不及出聲，他就像打棒球撲壘那樣的撲倒在地上。

施明仁齜牙咧嘴，努力的想爬起來，這時，第二名：三班的劉宏昌趕上來了，一溜煙就追過了施明仁。

「施明仁，快起來呀！」

「你看，三班已經追過你了。」

「加油加油！還有希望！」

……………

當同學們在為施明仁催促、吶喊時，一個十分令人意外的畫面出現了——已經超越施明仁的劉宏昌突然停下腳步，回頭看施明仁一眼，轉身走到施明仁身邊，彎腰扶起施明仁。

劉宏昌這個動作，讓場邊觀眾感到驚訝，讓我們班感到意外，更讓三班感到錯愕！

劉宏昌扶著施明仁，向終點走去，第三名以後的選手不知道發生什麼事，一個個的追過劉宏昌和施明仁，擴音器傳出「加油！施明仁！加油！劉宏昌！」，操場上再次沸騰起來，「加油」「加油」的聲音不絕於耳。

在震耳欲聾的加油聲中，劉宏昌扶著施明仁走進了終點。就在他們通過終點的一瞬間，一陣歡呼聲響起，久久未散……

19 曲終人未散

終點，因為劉宏昌扶著施明仁進入而陷入沸騰，除了我們班同學，許多觀眾都衝進操場。

擴音器裡，擔任司儀的老師不停的喊：「請選手以外的觀眾退出操場，以維護學生安全。」人潮才慢慢的退開。

終點，只剩下施明仁、劉宏昌和我們班同學，以及擔任裁判的老師。

這時，老師和施明仁的媽媽走了過來，施明仁的媽媽拿著一面獎牌，往施明仁的脖子一掛，現場響起了熱烈的掌聲，在掌聲中，施明仁忽然撲進他媽媽的懷裡，母子倆緊緊的擁抱起來。

那天，我和洪雅庭請老師打電話給施明仁的媽媽時，其實有偷偷拜託老師一件事，那件事只有老師、洪雅庭和我三個人知道——運動會當天，如果施明仁真的跑完最後一棒，不管有沒有得名，請老師向學務處要一面獎牌，讓施明仁的媽媽親自頒獎給他，表示對他的鼓勵和肯定。

如今，施明仁跑最後一棒、他的媽媽為他掛上獎牌，都按照我們的計畫完成了，看著施明仁和他媽媽緊緊的擁抱，我忽然覺得很感動、很有成就感！

施明仁和他媽媽分開後，三班的劉宏昌靠近施明仁，和他握握手，說：「施明仁，恭喜你，跑完了一百公尺。」

施明仁擠眉、弄眼、癟嘴的說：「謝謝你停下來……扶我，不然我大概沒辦法跑完。」

劉宏昌笑笑說：「不會啦！你一定跑得完。」

劉宏昌轉身走開，我看到葉健良追過去。我以為他要做什麼，想不到他和劉宏昌握握手，動著嘴巴交談了一番。

談了些什麼，我沒聽到，也不知道，不過從他們倆臉上的笑容可以看出：之前的不愉快應該化解了。

當激情過後，一切平復下來，我發現今天有許多事都發生得令人感到意外。

這段日子以來，同學們努力練跑，是為了拉大距離，讓施明仁跑最後一棒，也希望有得名的機會。剛才跑到倒數第二棒時，還領先三班五、六十公尺，就算得不到第一名，至少也有二、三名，誰料得到施明仁竟然跌倒了。

更令人訝異的是，三班的劉宏昌明明已經追過施明仁，大可直接衝進終點得第一，卻停下腳步回頭扶施明仁，結果兩班分別得到倒數一、二名！

想到倒數一、二名，劉宏昌剛才那個舉動，不知道會不會被三班的人圍剿？我忽然有一點替他擔心了。

不久，舉行閉幕式，先進行頒獎，頒到大隊接力時，不用想也知道，去年第一名的我們班，今年只能在台下給上台領獎的班級掌聲。

「接下來我們要頒發特別獎，這個獎是臨時設的，得獎的班級是……」司儀老師停了下來，一會兒才說：「這個獎是最佳團隊精神獎，得獎的班級是六年二班，請派代表上台。」

最佳團隊精神獎！是因為施明仁跑最後一棒才有的吧？同學們你看我、我看你之後，把施明仁推了出去——代表班上上台領獎，對施明仁來說，應該也是很難忘的經驗。

「接下來要頒發另一個特別獎……」司儀老師又停了，不久接著說：「這個獎是最佳運動精神獎，得獎的班級是六年三班，請六年三班派代表上台。」

司儀老師說完，隔壁三班傳出「哇」的一聲，聽得出，他們很意外。我猜，這個獎應該是因為劉宏昌扶施明仁而得的吧！

果然，三班的班長上台領獎時，司儀老師說：「六年三班同學發揮同學愛，是運動員的表率……」司儀老師這樣說，劉宏昌應該就不會被他們班的人圍剿了！

校慶運動會結束後，施明仁因為跑大隊接力最後一棒，更多人認識他了，他除了名字叫明仁，更道道地地的成了「名人」。

這天，又輪到我當值日生，拖完地板，我流了一身汗，靠在走廊欄杆旁吹風、納涼。

施明仁靠了過來，不好意思的說：「張純娟，謝謝你。」

「謝我什麼？」我被謝得有點莫名其妙，轉頭問施明仁。

「老師告訴我媽媽，是你在背後想辦法讓我跑最後一棒的。」施明仁說。

原來是謝這件事呀！我笑笑說：「我只有建議而已，是全班同學同意的，大家都出了很多力。」

「不管怎麼說，我還是要謝謝你。」

不想再聽這些讓人起雞皮疙瘩的話，我改變話題，問：「你運動會參加了，也上場比賽了，還有沒有遺憾？」

施明仁看看我，擠眉、弄眼、癟嘴說：「雖然沒有遺憾了，可是卻有了最大的不遺憾。」

「最大的不遺憾？」我不解的問。

施明仁笑笑說：「我最大的不遺憾，就是能和大家當同班同學。」

嗯！這句話說得很中聽！由於施明仁跑大隊接力這件事，我也有了最大的不遺憾——能和大家當同班同學！

學習單

想一想，說一說

學校：＿＿＿＿ 班級：＿＿年＿＿班

姓名：＿＿＿＿

一、你曾經和身體有缺憾的同學同班過嗎？若有，說說你的經驗；若沒有，未來你願意嗎？

二、你有在選運動會比賽選手時被刷掉的經驗嗎？說說你的感觸。

三、如果要你放棄輸贏，讓身體有缺憾的同學跑接力賽最後一棒，你願意嗎？理由是什麼？

四、你覺得是接力賽輸贏重要？還是幫助施明仁不留下遺憾重要？為什麼？

五、讀了《愛在終點線》後，你最想對故事裡的哪個人物說話？你想對他說些什麼？

六、讀了《愛在終點線》後，你學到了什麼？

國家圖書館出版品預行編目（CIP）資料

愛在終點線 / 李光福作 ; 奧黛莉圓繪. -- 初
版. -- 臺北市 : 文房文化, 2019.07
面 ; 公分. --（閱讀文房 ; 3）
ISBN 978-957-8602-65-6（平裝）

863.59 108009136

愛在終點線

作者／李光福　插畫／奧黛莉圓

發 行 人：楊玉清
主　　編：李欣芳
執行編輯：許文芊
美術編輯：陳聖真
業務執行：張哲塵
出 版 者：文房文化事業有限公司
地　　址：台北市士林區大南路 389 號 3 樓
電　　話：（02）2888-1458　傳真：（02）2888-1459
出版資訊：www.winfortune.com.tw
出版日期：2019 年 7 月初版一刷
定　　價：220 元
ISBN：978-957-8602-65-6
E-mail：service@winfortune.com.tw
文房文化：https://www.facebook.com/WinfortuneCultural/